サッカー審判員フェルティヒ氏の嘆き

SCHIEDSRICHTER FERTIG
Eine Litanei

トーマス・ブルスィヒ 著
粂川 麻里生 訳

三修社

SCHIEDSRICHTER FERTIG Eine Litanei
by Thomas Brussig

---

im Niederösterreichschen Pressehaus
Druck- und Verlagsgesellschaft mbH
St. Pölten – Salzburg
By arrangement through Meike Marx Litetrary Agency, Japan

裁判所を出るとき、俺は思った。「人間ゆえに、間違える」という諺は、ほとんどあらゆる諺に当てはまる基準を、すばらしく満たしているな、と。つまり、この言葉はまるで中味がない。「残りものには福がある」よりも、中味がない。いや、それどころか底なしにアホな諺である「例外が規則を作る」よりも空っぽだ。多くの、空疎で、愚劣で、ばかばかしい考えが諺の中に流れ込んで、いまいましいほどしぶとい生命力を持つ。とりわけこの「人間ゆえに、間違える」ほど、中味のない諺はない。間違いこそが俺たちを人間らしくする、とでもいうのか。頑張って過ちを犯しましょう、とでもいうのか。過ちが人を高貴なものにする、とでもいうのか。動物は間違えないのか！　この諺を作ったやつと広めたやつらは、過ちを犯す動物は人間的だと思っていたのか？　車のフロントガラスにぶつかってくるバカな鳥どものどこが、飛行機をちゃーんと着陸させることのできるパイロットよりも人間的なんだ？　……こんなふうに、言葉に突っ込みをいれる方法を俺がはじめて知ったのは、リューデマン氏の家でだった。彼は、俺が十歳か十一歳の頃にぞっこんだった女の子ユーディット・リューデマンの父親で、リューデマン家は俺の家族と同じアパートに住んでいた。リューデマン氏は仕事から帰宅すると、椅子を一脚とり出して部屋のまん中に置き、話し始めたものだ。そして彼は薀蓄《うんちく》を傾けて、これ以上はない面白さで、さまざまな言葉に細かく突っ込みをいれた。そのときのことを、俺は裁判所の建物から出るときに、思い出していた。裁判では、俺は原告側であると同時に被告側でもあった。だからつまり、勝訴すると同時に敗訴するという立場だった。ただ、俺が望んでいた形にはならなかった。原告側としての俺は、被告側としての俺ほどには自分が勝つ理由を感じていなかったのだ。もし逆の結果になったら、俺は勝訴すると同時に敗訴することにかわりはないが、俺は、両方の側に立っている俺は、正しい側において勝ち、そうでない側において敗れることになったはずだ。両方の側に立つということは、どちらの側にも立たないということとは違う。裁判所から出るときに、俺はそう思った。こりゃあ、駄目だ、と。両方の側に立つということが、俺にはまるでできなかった。そういう訓練は受けていなかったんだ。どっちにもつかない、ということに関しては、俺はひとかどのものだった。どちらにも味方しないこと、中立であること、それをハイレベルで行なうこと、それが俺に求められる才能だった。ここ何年かは、それこそ世界のどこに行こうが俺は中立だった。俺が経営している保険代理店に来る客のうち何人かは、FIFA公認審判、それが俺の本業なんだが、FIFA公認審判と話がしたいんだ。スター選手の素顔ってやつについて聞きたがる彼らは、俺自身ほとんど覚えちゃいないのに何処に行っても聞かれる、「疑惑の判定」へのいちゃもんとは無縁だ。初対面の相手に自分がサッカー審判であることを告げると、ちょっとだけ関心と敬意を示されることもあるが、たいていはひどく嫌な顔をされる。俺たち審判は、世間一般の見方の中では、誇大妄想的で、権力志向で、自分の権力に陶酔するためだけに審判になりたかった中年独身男みたいなやつだと思われることに慣れなければならない。この間のテレビの街頭インタビューでもやっていた。サッカー審判なんて、日常生活では犬のようにへいこらしているのが、審判になったときだけ、抑圧されていた全能願望を解き放っている、そんな肝っ玉の小さい人種だというんだ。俺たちは、実人生においてはまことにつまらない人間で、積もり積もった鬱憤をピッチ上で清算している、というわけだ。道行く通行人の、サッカー審判に関する認識なんて、そんなものさ。まあ、いわゆるテレビの街頭インタビューにおける声などというものは、俺の見るところ、基本的にカメラチームの「やらせ」なんだ。やつらはガソリンスタンドで人々の意見を収集する。俺たちサッカー審判についてもだ。街頭インタビューというのは、ガソリンスタンドでだけ通用する現実であって、そこでしゃべっている単細胞の男は、じつは給油ピストルで狩りをしようとするようなアホなんだ。世界中で、カメラチームのいるガソリンスタンドほど、愚かなことが話されている場所はない。もともと「世間一般の声」というやつほどアホなものはないわけだが、そういうものの中でももっともくだらないものをテレビの撮影隊は集めてくる。しかも、きまってガソリンスタンドでだ。まるで、ガソリンを含んだ空気の中では脳が柔らかくなり、質問から何かエッセンスのようなものを抽出するかのようだ。そういう脳には、反射的にいくつかの決まり文句が頭に浮かんでくる。その決まり文句が、ガソリンで柔らかくなった脳の中をあっちへこっちへと揺れ、果てには唇からこぼれだしてしまうというわけだ。「サッカー審判？　やつらはみんな目が見えていない。腐敗した犯罪者なのさ。やつらはけっして逮捕されたりはしない。けれども、すべては闇取引で決まるのさ」。ガソリンスタンドでの街頭インタビューは、あらゆる放送の中で最低にして最悪のものだ。歩道でのインタビューよりひどい。市役所前広場のインタビューよりもひどい。駅前インタビューにさえ劣るんだ。しかも、カメラチームのやつらは、「世間一般の声」というものの最低水準をより一層引き下げようというつもりのようだ。なにしろ、ガソリンスタンドの街頭インタビューはどんどん程度が低くなっていくものだから、以前のそれはそれはひどいインタビューが、あとになるとまるで哲学学会のように思えてくる。それくらい、息を呑むような速さで、インタビューの程度の低さは坂道を転がり落ちてゆく。ガソリンスタンドじゃあ俺たちサッカー審判のことを、ホイッスルの権力に陶酔している、へんてこりんで可哀そうな自惚れ屋だと言っている。白状しよう。俺がスーパースターと呼ばれる選手にレッドカードを出すとき、国王を絞首刑にする死刑執行人のような気持ちになる。フランス貴族をギロチンにかけたジャコバン党員の気分さ。ツァーを射殺したボルシェヴィキだ。自分よりもはるかに名望ある人間をとっつかまえる権限があるというのは、なんとも矛盾した気分になるもんだ。だけど、ガソリンスタンドで言われていることとは違い、俺たちサッカー審判は、誰もが、指先に天から与えられた権威を持っているんだ。それは、ガソリンスタンドでの発言が束になってかかってもかなわないものだ。審判は、自分の中からある種の権威を発することができなければ、ピッチ上で何かを表現することはできない。オーラがなければ、本能的な自己実現能力がなければ、センターサークルでコイントスをするところにすらたどり着けないのだ。びしっとした人生を送っていない審判が、ピッチ上でびしっとした態度を取ることはできない。だらけた生活をしている審判は、ピッチ上でもだらけた印象を与えるのだ。この点、我々とプレーヤーたちは違う。なぜなら、いわゆるボール際の天才たちは、実生活ではまるでだらしないやつであることも珍しくないからだ。ボール際の天才たちが、引退後の人生でだらしなかろうがどうでもいいが、ピッチ上でもっとも重要な人物は彼らではなく、審判こそが最重要人物であることは、手術室でもっとも重要な人物が外科医であることと同様に、言うまでもないことだ。だが、ピッチ上の最重要人物としての審判の意味は、それがあまりに明々白々であるにもかかわらず、頑迷に否定されている、俺は裁判所の出口の階段を降りながらそう思った。サッカー審判の意味は否定され、また、あらゆる権力によって、完全に隠蔽されている。否定され、あらゆる権力によって隠蔽されているんだ。誰もが知っているように、二つのチームがまったく同じメンバーと布陣で一週間以内に二度試合をしても、試合はそれぞれまったく違う展開を辿る。それはまるで、同じひとりの患者でも、あの医者に手術されるか、この医者に手術されるかで、まるで正反対の運命が待ち受けているようなものだ。手術というものは、幾度ものメスの使用によって成り立っていて、どう切られるかによって進行してゆき、メスさばきのひとつひとつで徐々に結果が現われていく。外科医がひとりの患者を切り殺してしまうかもしれないように、俺はひとつの試合を台無しにしてしまうかもしれないし、怖気づいた外科医が必要な切除を行えないことで手術に失敗してしまうように、俺が一度のホイッスルをためらったがために、試合が収拾つかないものになってしまうこともありうる。ただ、医者たちは、不真面目にも平気な顔で、人々に「手術室での最重要人物は外科医である」と言わせている。本当に重要なのは、もちろん患者だ。俺は、サッカー審判があまりに重視されると、じつはかえって居心地が悪い。たしかに、審判は言葉の真の意味において試合を作る人間、すなわち「ゲームメーカー」ではある。でも、その立場にあぐらをかくような審判はいない。また、そうしてはならないのだ。誰もその存在を気に留めないような審判こそが、最高の審判だ。審判というものにちょっとでも関心を払おうとする人間は、それが分かっている。だが、観衆のほとんどは審判などというものにはまるで関心を持たず、審判とはまずもって盲目で、しかもすぐに買収されてしまうと思っている。しかし、そういうガソリンスタンドの世論なんかはるか超えた次元で、最良の審判は観衆には意識されないものだということが分かる人間も、多少なりともいるものだ。そういう見解に従えば、審判は試合会場の空に浮かんだ中立的な存在だ。それはボールにとってもプレーヤーにとっても邪魔になることはないし、明文化されたルールが実際の試合において効力を発揮するためのメディアなのだ。サッカールールが「理論」だとすれば、それをホイッスルと身振りという手段でもって、現実の試合という「実践」へと通訳をする存在なのだ。審判は、中立で、清廉潔白で、観客などには目もやらず耳も貸さず、そもそもフィールド外部のいかなるものにも心を奪われない。仮に、あのアホな諺「人間ゆえに、間違える」というのが正しいとするなら、非人間的な審判こそが求められることになるだろう。ご存じのとおり、審判が間違いを犯せば、ファンの話題はそこに集中する。そうなるともう、「審判はその存在に気づかれてはならない」という要求には反しているわけだ。つまりサッカー審判は、マックス・ウェーバーが言う意味で、ある種の官僚なのだ。「ルール」で食っている人間で、人を見ず、ルールに頑固に従ったり、ルールを柔軟に解釈したりすることでさまざまな決定を作り出すのだから。こんな言い方をすると、何をご大層な、と思われるかもしれない。この上、サッカー審判を仕事としてずっとやってゆきたいならば、遅くとも十七歳には審判修行を始めなければならない、とでも言おうものなら、「嘘つけ」という声を雪崩のようにひき起こすだろう。だが実際、一流のサッカー審判になるような少年は、その修行期間を、自らのルール観を確立し、ルールへの信仰を狂信的なまでに高めることに費やすのだ。それは、いわゆる普通の青春が反抗と反逆、反権威主義的な情熱の中で過ぎてゆくのとはおよそ異なる。俺自身のことを言えば、十歳の頃からサッカーボールを蹴っていた。ほとんどの子どもと同じようにだ。十六歳のとき、週末の審判講習会に初めて参加した。俺たちのクラブからも、審判をひとり出さなければならなかったからだ。それに俺が選ばれた。俺はちょうどそのとき、レッドカードでどのみち二試合出場停止になっていたんだ。何も特別なことはなかった。俺がサッカー審判をずーっとやっていくことになると予感させるものは、何もなかったんだ。たったひとつの判定のおかげで、つまり俺にレッドカードを食らわした判定のおかげで、俺がいまだにサッカー審判をやっているという皮肉は、マスコミの連中がこぞって書きたがるネタだ。この手の話を、やつらはことのほか好む。それは不当なレッドカードであって、俺はそういう不正をフィールド上から駆逐してやろうと思ってサッカー審判になったのだが、俺がそれをインタビューアーたちに言ってやることはない。連中はそういう話を聞きたがるだろうけどな。なにしろ記者の連中は、サッカー審判を「いかにも」なイメージでもって見ることを好むんだ。そもそもあいつらはどうしようもなく「いかにも」なイメージを好む。本来、世界は首尾一貫なんかしておらず、矛盾と不協和音に満ち、ひどく混乱しているものだ。なのに新聞は矛盾のないイメージを描き出し、解説は論理的で、テレビでは単純かつ見え透いた対立を報じ、三分半後もしくは一五〇行読んだ後にはすべては明白で、分かりきっていて、秩序づけられているのだ。「不当にも退場をくらった選手が、その後審判になった」という話は、いかにも分かりやすい。だが、俺はそういう話でスポーツレポーターたちにサービスするわけにはいかないんだ。やつらはがっかりして、まるで俺が、自分が審判になった背景について、あれこれ隠し事をしているのだ、と言わんばかりの顔をするが。俺は、そのかわり、東ドイツで審判報酬がひどく安かった頃の話や、西ドイツの金を稼げるようになった頃の話をする。そういう話にも、レポーターたちは殺到する。やつらは金の話には何でも喰らいついてくるからな。俺の初仕事の報酬は五マルクだった。東のマルクだ、念のため。まあ、どうでもいいけど。しかし、審判デビュー半年後に壁が崩壊して、俺は西側でもホイッスルを吹けることになった。一試合十四マルクだった。西のマルクだ、念のため。週末に三試合か四試合、笛を吹けるときには、さらに報酬は三倍、四倍になった。それは十六歳の俺には結構な金だった。なんといっても、壁崩壊の頃の東ドイツでは、サッカー審判というのは、みじめなものだった。あらゆる権威が地に墜ち、嘲笑され、無視された時代だったから、審判にとっても悪い時期だったんだ。いたるところ議論と抗議があふれた。ある時など十歳の少年選手が、ペナルティキックを命じた俺の判定に抗議して、「我々が人民だ！」と叫んできた。東の五マルクで、そんな目に遭う義理はない。西の十四マルクなら、やっと割に合うか、というところさ。まあ、西側には「我々が人民だ！」などと言いながら、俺の権威にたて突いてくる選手はいないわけだが。そのかわり、トルコ系ユースチームがある。このチームの半分、つまりベンチのリザーブの連中は、なにかというと口を揃えて「不当判定だ！」といきり立つんだ。トルコ系ユースチームが絡んだ試合では、まったく突然に激情の爆発が起こり、選手が束になって、叫びながら、罵りながら、目と手を大きく広げて、審判の俺に向かって駆けてくるというシーンが日常茶飯事だった。

まあ、どんな審判にも、下積みってのはある。どんな審判でもだ。近道はない。引退直後にナショナルチームの監督になるサッカー選手はいる。政治に関わったことがないのに大臣になる学者もいる。けれどもサッカー審判だけは、ひとりの例外もなく、一番下から、泥沼の底から、一番下等なところから始めるんだ。サッカー審判なら誰でも、例外なく、最底辺のリーグの有様を知っている。観客の審判に対する敵意をかきたてようとする親父たちを知っている。審判を

「クソ豚野郎！」と罵る母親も知っている。試合後にパンクしている車のタイヤのことも知っているし、更衣室のドアを誰かが蹴とばしてゆく音も知っている。それどころか、たいていのサッカー審判は下位のリーグだけを知っていて、トップリーグのことは知らない。下位のリーグとトップリーグでは、多くの点が同じで、また多くの点が異なっている。切り裂かれたタイヤ、電話テロ、買収工作、殺害脅迫は、どっちにもある。一方、トップリーグの野次の飛ばし方は、底辺のリーグのそれとは違う。下のほうのリーグでは、きつい野次が単発で飛ぶ。上位リーグの野次は、穏やかな野次が繰り返される。下位リーグでは野次の作者がいる。上位リーグのそれは匿名だ。下位リーグでは野次はぽとり、ぽとりと滴り、ちく、ちくと刺さってくる。だが、上位リーグの野次は審判にのしかかる入道雲であり、スタジアムの上空にかかってわだかまる毒霧であり、審判の頭上で砕け散る野次の怒濤なんだ。サッカー審判のうち九十九パーセントは、口笛を吹き、叫び、荒れ狂うトップリーグのスタジアムをまったく知らない。彼らは下位リーグのピッチでだけホイッスルを吹いているからだ。満場のブーイングに耐えるためには、自らを鍛え上げなければならない。八万人に口笛で侮蔑され、罵声を浴びせられることは、ごく少数の人間にしか耐えられないことだ。八万の荒れ狂う連中にブーイングされ、馬鹿にされ、野次られ、怒鳴られ、侮辱され、脅されつつも、彼らの前でしっかりと自らを保っていられること、それこそが審判のなし得る最高にしてもっとも偉大な仕事だ。裁判所の入り口の最後の階段を踏みしめながら、俺はそう思った。三〇六八ユーロ、それが俺が一試合笛を吹いて、必然的に罵声を浴びて受け取る金だが、結構な金額に聞こえるかもしれない。九十分で三〇六八ユーロと聞くと、「そりゃあもらい過ぎだ」と誰もが言う。審判は原則的に試合前日には現地入りしていて、たいてい試合の翌日にようやく試合開催地を離れるんだが、それを聞いてもやっぱり「もらい過ぎだ」と言うんだ。たしかに、三日で三〇六八ユーロ稼ぐ人間はほとんどいない。だから、三日はおろか、ひと月でも、四半期かけても、三〇六八ユーロなんて稼げないやつらは、「三日で三〇六八ユーロなんて、どう考えてももらい過ぎだ」と言うんだ。だがじつは、プロのサッカー審判が三日で三〇六八ユーロというのは安すぎる。九十分で三〇六八ユーロだとしても、恥知らずなまでに安すぎる。三〇六八ユーロは、審判がその身をさらす九十分の苦難に対するちっぽけなカンパに過ぎない。裁判所が、公務員に対する侮辱に対して罰金を科すことを思えば、サッカー審判だってある種の公務員であることは間違いないんだし、審判は実際もらっている額の十倍、いや百倍、いや千倍もらわなくてはならないはずだ。警官を「お前」呼ばわりしただけで、罰金五〇〇〇ユーロだぞ。「糞野郎」とでも言えば、一〇〇〇〇ユーロだ。婦人警官を「メス牛」とでも呼べば八〇〇〇ユーロ。いっぽう、俺に対して何万もの観衆が九十分にわたって怒鳴りつけ、「お前」呼ばわりし、俺を侮蔑し、怒鳴りつけることができることに対して、「その黒豚を吊るせ。やつはここでは二度とおてんとさんを拝めない」と歌うことに対して、やつらが俺に向って声を張り上げ、ドイツ語と肺活量の限りを尽くして、なんとも下品な、下劣な野次をぎゃーぎゃーとがなり立てることが許されていることに対して、三〇六八ユーロは笑ってしまうほど寛大なる賠償金だ。もちろん、「フェルティヒさん、どうしてまた、審判になんぞになったのですか?」というのは、俺が、「お前、目が見えてないのか?」とか、「あいつ、(西ドイツ代表が疑惑のゴールで敗れた)ウェンブリーにいたっけか?」などと並んで、もっとも頻繁に受ける質問だ。だが、そのココロは、「ウーヴェ・フェルティヒ、お前はどうして審判などいう仕事が気に入ったんだ?」ということだ。この問いには悪意が潜んでいる。こういうことを訊いてくるやつらは、ガソリンスタンドの連中の見解を裏付けるような言質を取ろうとしているのだ。サッカー審判は、誰もが、自分の笛にしたがって踊ることにただ酔っている、というわけだ。ガソリンスタンドの連中は、サッカー審判の権威をまがりなりにもホイッスルと結び付けている点では、やつらも何かをうすうす分かってはいる。それはガソリンスタンドの連中がサッカー審判のなんたるかについて知っている唯一のことだ。つまり、サッカー審判にとってホイッスルとは、外科医にとってのメスだということだ。ホイッスルのひと吹きは、外科医のメスさばきと同じように、やり直しがきかないものなんだ。試合を決定づけるホイッスルがある。抜き差しならないホイッスルがある。その笛の前と後では、すべてがまったく変わってしまうようなホイッスルがある。熟練の外科医のメスさばき同様、必然的で避けられないホイッスルがある。ところで、サッカー審判に対してもっとも強い疑いの眼差しを向けるのは、当のサッカー審判たちだ。審判は、ホイッスルを吹くたびに、自分の領分が切り刻まれていくことを知っているからだ。審判自身も、それとともに切り刻まれて小さくなっていく。このことは、実際に吹かれる笛だけでなく、吹かれない笛についても当てはまる。裁判所の出口の前の、だだっぴろい何にもない広場の地面を踏みしめながら、俺はそう思った。圧迫感を覚える、空っぽさ。そこを俺はフィールドと似たような感覚で歩き出した。反射的に俺は、広場を挟んで斜向かいに停めてある俺の車のところに行くために、広場の対角線上を歩いていった。サッカー審判の教科書に、フィールドの対角線が理想的な審判の移動ラインと書かれているようにだ。だが、本当のライン、「自分の」ラインは、サッカー審判なら自らのホイッスルで引かなければならない。そういう「ホイッスルのライン」が引けなければ、教科書で得た知識は何の役にも立たない。それなのに、サッカー審判がホイッスルを吹くことには、指先の感覚、鋭い知性、繊細な名人芸を要するということを、誰も敢えて言おうとはしないんだ。みんな、ホイッスルのことを、ただの兵舎の号令であり、体操の父ヤーンの合図であり、発展途上国の警察官が交通整理をする道具だと思っている。ガソリンスタンドの連中は、サッカー審判を、保守反動的で試合を台無しにする輩、まるで後ろ向きの人間と見なしたがる。ホイッスルがなければ、サッカー審判の権威はもはやあやふやなものでしかないというんだ。ホイッスルがないと、審判は切れない刀で戦わなくてはならないというわけだ。まあ、それはしかし、そのとおりだ。サッカー審判は、観客全員がホイッスルを持参して、自分たちで間断なく「笛の嵐」を起こし続けたなら、完全に無力化されるだろう。審判のホイッスルは、燃え盛る大火事に注がれる放水の音のようにかき消されるだろう。だが、ホイッスルが審判の持つ一本だけならば、どんなに歓声が渦巻いているときでも、その音はけっして聞き逃されることはなく、はっきり鮮明なメッセージを伝える。ホイッスルはそこで、現代社会において非常に重視されている「あること」を達成するのだ。それを言い表す言葉を、俺は普段は使わない。その言葉はまったく落ちぶれたものになってしまっているからだ。ホイッスルは、この退屈で極めて凡庸な言葉に、見る影もなく落ちぶれてしまった流行語に、「裸の王さま」である言葉に属するわけにはいかないんだ。誰かが馬鹿を丸出しにするとき、それを「コミュニケーション」という。携帯電話の宣伝の二つにひとつは、若い女性が電話を持ってニッコリしているものだ。まあ、そういうのが、世間一般の「コミュニケーション」のイメージなんだろう。しかし、電車の中などで、乗客が「コミュニケーション」しているのを聴かされるとき、希望と現実の間の亀裂が明らかになる。俺は、頼まれもしないのに、そういう会話の証人になってしまうのだが、ああいう会話の中で気の利いたセリフを聴いたことがない。しかも、会話がつまらなく、くだらなく、低次元なものであればあるほど、なぜか大声で交わされる。こういう馬鹿話をするやつらというのは、邪魔にならない場所に引っ込んでいるということができないのだ。そう、やつらは長話を喜び、そのつまらない、くだらない、低次元な与太話の証人にならざるを得ない同乗者たちに対しては、「聴きなさい！私のリッパな人生のハナシを！」とでも言いたげだ。「私は、電車の中でここに座ってはいるが、お前らのように空っぽでもなければ、退屈しているわけでもなく、私は社会をオーガナイズし、社会とコミュニケーションしているのだ。そう、私はお前たちとともにA地点からB地点へと向かう電車の中に乗っているが、別にお前たちとは関係ないのだ。私は、まったく別の次元にいるのだ」というわけだ。そして、こういう連中がしている愚にもつかぬ与太話が、「コミュニケーション」と呼ばれたりするのだ。そういうときの「コミュニケーション」は、本来意味されているものとは逆のものを意味する。コミュニケーションとは理解し合うことだと、たいていの外来語辞典の編者はまだ信じている。

しかし、コミュニケーションとは、そもそも理解することではなく、むしろ訳が分からなくさせることなのだ。何かをぼかしたり、ごまかしたりしたいときは、コミュニケーションのエキスパートを呼ぶといい。何かが歪められたり、美化されたり、一方的に描写されたり、空理空論が唱えられたりするとき、それは、外界に向けてコミュニケーションがなされねばならない、ということだ。もし、真実が明るみにされるなら、もし、事実がありのままに述べられるなら、それはコミュニケーションにとって大事故ということだ。世間でコミュニケーションと言われているものは、本当のコミュニケーションとは何の関係もない。もし神様が、「コミュニケーション」という単語の意味をその日常的な使用にもとづいて定義するとしたら、コミュニケーションという単語を「嘘をつく」、あるいはイメージ豊かに「クソで化粧をする」とでも言い換えるだろう。誰もが、誰にでも、いつでも、どんなしょうもないことも、やってしまうのがコミュニケーションさ。コミュニケーションとは、絶え間ない、うるさい、避けがたい、呻き声以上のものであることは滅多にない。その点では、みんなの意見が一致するだろう。だから、ゲーテがシラーと「コミュニケーションした」などと言うやつはいないない。ゲーテとシラーは、お互いに宛てて手紙を書いていたんだ。本当に伝えるべきものがある人間同士では、コミュニケーションは起こらない。コミュニケーションは、ペストだ。嘘のペスト、美化を装う、融和をうそぶくペストだ。単純至極なことがひどくねじ曲げられるかと思えば、複雑で難しいことが乱暴に単純化され、一面的に語られ、もう訳が分からなくなってしまう。あるいは、あることについてみんなが沈黙し、情報がストップされるとき、コミュニケーションが起こる。コミュニケーションのパートナーが重要人物であるほど、その人物から与えられる情報には価値がない。もっとも無価値な、もっとも役に立たない情報は、いわゆる「コミュニケーション界の巨人」

と呼ばれる企業によってもたらされる。俺は、ドイツテレコムに電話をしなければならないことがあった。新しい電話番号を発行してもらうのを忘れていたんだ。何でもないことのはずだ。やつらは「コミュニケーション界の巨人」と名乗り、「近代的な企業コミュニケーション」について語ろうとする。だが、「コミュニケーション界の巨人」とやらから自分の新しい電話番号をゲットしようしても、事は簡単には運ばない。連中は、それを「個人情報保護」などと言うんだ。それがやつらの「コミュニケーション」だ。コミュニケーション界の巨人が、コミュニケーション界の小人に、コミュニケーション界のアメーバになっちまっている。そして、これがコミュニケーションというものの本質なんだ。だが、コミュニケーションのテロリスト集団のもっとも恐ろしい犯罪は、「近代的なコミュニケーション・システム」ってやつだ。それは、回線待ちとテープの応答でできあがった、ほとんど無限にこんがらかった迷宮で、そこに電話をかけた人間は捕虜のように取り込まれてしまい、ムカつくほどのんびりしゃべるテープの、まったく無内容な、かといって何の言い訳にもなっていないお愛想と、戦意高揚映画のように思想統制された音声を聞き続けるはめになるというわけだ。この、「コミュニケーション界の巨人」を自称するコミュニケーション界のアメーバに電話をしなければならないとき、まず俺に聞こえてくるのは、「お電話ありがとうございまーす」という、まるでパーティ会場で挨拶しているような女の声だ。で、次はこう言う。「お客様のお問い合わせに、より迅速にお答えするため……」、これを聞くと、俺は心臓がパンツの中に滑り落ちそうになる。なぜならこれは、これから最低十五分は生きた人間の声は聴こえないぞ、という意味だからだ。続いて、まるでチェス教室みたいにゆっくりしたイラつく話し方で、俺の用件とはまるで関係のないことを根掘り葉掘り聞かれる。しかも、この自動応答は厚顔にも、ひとつの自我を、人格を持とうとする。

「申し訳ありません。おっしゃっていることが分かりませんでした」とか、「よく分かりました」とか。自動機械ごときに、俺の説明がちゃんとしてるのしてないのと、人間様を評価するような生意気を誰が許したんだ。次世代のコミュニケーション・システムは、俺とその日の天気についておしゃべりしようとするだろう。きっと今頃どこかの実験室で、フランケンシュタインの子孫が、俺を笑わせるコミュニケーション・システムをプログラミングしているだろう、やがて俺と一緒になって笑うプログラムもできるだろう。なぜなら、コミュニケーションの専門家は、笑いが親近感を作り出すことを知っているからだ。とりあえず、俺のコミュニケーション憎悪は、「次の担当者が、あなたと個人的にお話しさせていただきます」というのを聞いたとき、沸点に達する。この、近代的なコミュニケーション・システムでは、「個人的に」という言葉がやたらと登場する。近代的なコミュニケーション・システムほど「非個人的」なものもないから、やつらはわざわざ「個人的なコミュニケーション」をしなくちゃならんのだ。こりゃもう、コミュニケーションのこんがらかった曲芸だ。しかし、我々がすっかりくたびれ果ててこのコミュニケーション・システムの言うなりになる前に、我々がやつらとその仕掛けに無条件降伏するそのとき、やつらのアイロンのかかったブラウスを思わせる声、頼もしさと誠実さと優しさを装ったあの声を三秒以上聞く気になってしまうそのとき、ホイッスルという鮮明で素晴らしい本当のコミュニケーションの道具は泥たまりにうち捨てられてしまっているのだ。ホイッスルは反動的、いやファシスト的というわけだ。「コミュニケーション」は、もっと近代的で、民主主義的だってわけさ。現代という時代は、そういう考え方にはまり込んでしまっている。サッカー審判は、何かひどく非近代的で反民主主義的なものとして軽蔑されているんだ。審判は、ヨーロッパ的・民主主義的な伝統の中のアンチ・クリストなんだ。二分の一へクタールの領土を九十分の間だけホイッスルで統治する、専制君主なんだ。他の人間たちはみな一様に無力だ。なんぴとたりとも、サッカー審判の判定を覆すことはできない。審判本人にさえできないんだ。「裁く」というのは魔法の言葉さ。裁きとは、審判としての俺が、俺だけが、何が起こったのかを決定することができるということだ。俺はそうやって、「事実」を創り出す。それはもちろん、とてつもない、神にも等しい権力だ。「事実」には、草も生えない。事実に対しては、抗議することも、訴訟を起こすこともできない。事実とは、折り合いをつけるしかないのだ。俺がゴールだと言えば、ゴールなのだ。たとえ、傍からは、ボールは入っていないことがはっきり見えていたとしてもだ。俺が決めるのだ。そこに誰も口をはさむことはできない。どんな当事者であっても、何も言えないのだ。そこには、もちろんデモクラシーのかけらもない。まさにそれが問題になるわけだ。民主主義を望むなら、サッカー審判は廃止さればならない。審判さえいなければ、サッカーも実生活と同じになるだろう。プレーヤーたちは、お互い合意に達しなければならず、それができなければ、裁判沙汰になるというわけだ。プレーヤー、監督、活動家、役人、親族、アドヴァイザー、代理人、興行主、主催者、遺族、地域住人、利益団体、市民グループ、犯人、犠牲者、誰もがあらゆる法的手続きに訴えることができる。憲法裁判所にだって、ヨーロッパ人権裁判所にだって訴えることはできるんだ。一九六二年のワールドカップ予選についてだって、訴訟を起こすことができるだろう。よく知られているように、決断というものが一切必要じゃないなら、民主主義もいいものだ。ディベートをするとき、妥協点を見出そうとするとき、ワーキング・グループを作るとき、手続き上の問題を検討するとき、デモクラシーはちゃんと機能する。だが、ボールがゴールに入ったかどうか？　そういう決断の際には、デモクラシーはろくでなしだ。俺たちサッカー審判が総じて非難されるとき、そこには「民主主義的な精神」がある。サッカー審判を罵倒することは、自由で民主的な根本秩序と共鳴するんだ。そう、自由で民主的な国家秩序といっても、サッカー審判を罵倒しないなら、それは本気じゃない。サッカー審判を罵倒しない民主主義なんて、まったく不完全なんだ！　サッカー審判への罵倒は、民主主義的意識の試金石であり、リトマス試験紙なんだ！

俺は、まったく逆に、民主主義を促進する神経を持ち合わせないし、そもそも民主主義などというものをやってみようなどとは思わない。『クイズ・ミリオネア』で回答者が会場に相談するコーナーを引き合いに出して、「群衆の能力」を語ろうとするロマン主義者はたしかにいる。たしかに、群衆の能力ってやつが発揮される場合もあるのかもしれない。だが、俺にとって群衆は無能だ。八十メートル、あるいはそれ以上離れたところにいる三万人の群集が、「ハンドだ！」と叫んだとしても、なんの力もない。そんな群集は、考えうる限りもっとも無能な集団だ。巨大無能集団だ。無能になればそれだけ、集団は巨大になる。その意味では、選挙ってやつも考えられる限りもっとも無能な集団を動員する手段だ。逆に、サッカー審判の能力は絶えず高まってゆく。「個」の能力だからだ。サッカー審判が、難しい状況判断を六万人の観衆や数十億人のテレビ視聴者に相談するということはけっしてありえない。『クイズ・ミリオネア』の「オーディエンス」相談コーナーを群集の能力の証拠にしようという狂信的なロマン派民主主義者でさえ、「群集の能力」をサッカー審判に導入しようとは考えていないだろう。どんなに途方もないロマン派民主主義者でも、サッカー審判は訓練されるのが当然だと言うだろう。どんなに途方もないロマン派民主主義者でも、群集として無能になる代わりに、絶対君主の能力とその権力を強くすることが理にかなっていると言うだろう。最強のロマン派民主主義者による民主主義への不信ほど、決定的なものはない。考えうる限り、もっとも決定的だ。ロマン派民主主義者は俺たちサッカー審判の権力を転覆させようとはしない。逆に、連中は密かに、しかしはっきりと、絶対君主である俺たちが、何度も、何度も何度も、繰り返し訓練され、再教育を受け、査定を受けることに同意している。研修を受けるたび、審判評価アンケートに肯定的な評価を受けるたび、俺たちの能力は高まり、俺たちの絶対権力はセメントで強化されるんだ。言葉で言うのは簡単だが、実際にはそれは、訓練と、評価と、指導と、格付けと、階層付けが一体化された、巨大かつ完璧なシステムなんだ。メリーゴーランド式の工場だ。初めに、初級審判コースがある。そして、少年審判コース、審判育成コースもある。さらに強化コース、選抜コース、上級審判コース、そしてエリート審判コースまである。しかも、こういうコースが、地域レベル、州レベル、全国レベルに、それぞれ全部あるのだ。サッカー審判の監修者「レフェリー・アセッサー」というのもいる。「レフェリー・インストラクター」

もいる。立会人となる「マッチ・コミッショナー」もいる。そういう連中はみな、自分自身がサッカー審判だ。俺たちは、昇級試験を受け、ルールテストを受け、この自分自身サッカー審判でもある立会人が試合ごとに俺たちに面接を行ない、アセスメントレポートに試合の報告書を書く。俺たちは、「やり過ぎ」か「やらなかった」かのどっちかだ。俺がレッドカードを出したとする。すると、「レッド」の罪があるのは、実は俺なのだ。なぜなら、自分自身がサッカー審判でもある立会人はそう言って俺を非難するんだが、俺は前もってプレーヤーに「これ以上やっちゃいけない」という「線」を示すべきだったのに、それをやらなかったからだ。だが、俺が前もって介入すると、今度はこのいわゆる立会人が、「君は自分をプレーヤーに押しつけた」と非難する。まあ、最終的には、どっちでもいいわけだ。じつは、自分がサッカー審判でもある立会人は、一本の「線」を期待しているんだ。サッカー審判は誰でも、一本の「線」

でもって試合を導いていかなくちゃならない。そしてこの線を、立会人にも示すことができなくちゃならない。一番悪いのは、この線を見出せないことだ。試合開始時のサッカー審判は、新しい学校に赴任した教師のようなものだ。選手たちが生徒だ。試合が始まったとき、プレーヤーたちは最初のホイッスルが鳴るのを渇望している。なぜなら彼らも、この試合ではどういう「やり方」が許されるのかを知りたいからだ。それが分からないと、プレーを始めても意味がない。手始めに、選手がぶつかり合い、一方が仕方なく倒れる。——この瞬間、選手たちはこの試合に向けて自らを調律するんだ、何が許され、何が許されないのかと。最初のファウルは、プレーヤーが「そろそろいい加減俺にホイッスルを吹いてほしい」と思ってしでかすことが多い。プレーヤーたちは、もともと分かっていることを、あらためて感じたいのだ。つまり、すべてを許すわけではない人間がそこにいる、ということを。最初のファウルは、たいていの場合他愛もないものだ。だが、試合が進むにつれて、様子が変わってくる。プレーヤーたちは、やつらの小さな悪事を、卑怯な攻撃を、見せまいとするようになるんだ。ひとりのプレーヤーが俺のほうを見るとき、そいつは何かを企んでいる。もし、俺が彼の視界に入っていないなら、彼は最後に俺を見た場所を思い出し、悪事をはたらくチャンスがどれだけあるかを計算する。それは本能だ。プレーヤーたちはそういうふうにできているのだ。だから、俺はたえず居場所を変える。教科書どおりの対角線上の動きはせず、プレーヤーたちが予想できない場所に出現する。幽霊みたいにな。いつも一番イヤなタイミングで片隅に現われる、チャップリンの映画の警察官みたいにだ。俺はいつも、大家のフリゲフスキーのことを思い出していた。やつは、ベルリンの壁に面したライプツィヒ通り二五番のアパートの大家だった。このアパートにはたくさんの子どもも住んでいたが、子どもたちにフリゲフスキーは宣戦布告した。やつは、静謐と秩序を欲していたんだ。どこかでボールが弾んだりすれば、あるいはどこかで階段を三段いっぺんに飛び降りたりすれば、フリゲフスキーはそこにいた。どこにでもいた。やつは俺たち子どもに対する第六感を持っていた。フリゲフスキーは俺たちが何をしたときでも、かならず捕まえることができた。俺たち子どもは、いつも捕まった。どんなときもだ。俺たちは囚われ人で、フリゲフスキーは強大な、恐るべき追っ手だった。やつは俺たちを、子どもだというだけで捕まえた。俺たちの立てる物音、俺たちの考え、俺たちの元気さ、俺たちの計画、俺たちの活動、すべてを弾圧した。はしゃぎ声も、飛び跳ねることも、遊びも、ふざけっこも、かけっこも、笑い声も、弾圧した。火炎放射器のような禁止でもって、すべてを黙らせたんだ。俺たちを捕まえたときのフリゲフスキーは、容赦ない、威嚇的な教師だった。目は爛々として、一言話すたびに人差し指を俺たち子どもに突きつけた。あらゆることが禁じられた。やつは、俺たちを捕まえるや否や、腕であろうと、首根っこであろうと、容赦なく捕まえて、俺たちの親のところにひっぱって来る。フリゲフスキーは俺たちのおもちゃも取り上げた。まあ、あとから親が謝りに行けば返してはくれたんだが。アパートに住んでいない子どもも、おもちゃが見つからなくても捜す必要はなかった。自分が捕まえられてしまえばよかったんだ。俺がフリゲフスキーとエレベーターの中で二人きりになったとき、俺が黙りこくったまま、身じろぎもせず、俺とやつが住んでいる階のボタンを押して、ドアを閉めるボタンも押したとき。フリゲフスキーは、教師じみた説教をはじめた。それは、昔俺がしたことについてだったり、やつが閉まった窓越しに目撃したことについてだったりした。ブリキ缶を踏み潰したことだの、泥団子を投げたことだの。フリゲフスキーは俺をいつでも捕まえた。やつは何も見逃さなかったし、何も忘れなかった。すべての子どもにとって、フリゲフスキーは悪夢だった。やつの前では、俺たち子どもは、「自分は問題児なんだ」という気持ちになった。泥んこや騒音を生み出し、触るものすべてを壊してしまう問題児だ。自分は、思慮がなく、浅はかで、未熟で、育ちの悪い問題児だと感じたんだ。フリゲフスキーは何でもお見通しであるかのようだった。だから、しまいには、やつはまったくそこにはいないのに、それでもやっぱりいる、というようなことにさえなった。俺は十歳のとき、あるクラブでサッカーを始めた。十五歳のとき、スポーツ指導員で審判としてのホルスト・フリゲフスキーに会った。もうそのときは、さすがにやつを怖がりはしなかった。ありとあらゆる不愉快な、悪夢のような、苦々しい、身がこわばるような思い出が甦ってはきたが。フリゲフスキーは、試合を権威をもって確実にさばいた。それまで、こんなうまいサッカー審判は見たことがなかったし、やつのうまさを俺はちゃんと分かった。ただ、この見事な仕事がやつにふさわしいとはまったく思わなかった。フリゲフスキーは、試合を寸分の狂いもなしにさばいた。ちょうど、やつがあのアパートを支配したようにだ。やつは何ひとつ見逃さなかった。やつはいつだってそこにいて、すべてを明らかにした。子ども時代は悪魔だと思っていたフリゲフスキーに感謝しなればならない、という事実は、俺を手ひどく混乱させた。なんとなれば、やつの存在なしで、今の俺の審判としての成功はなかったからだ。大家のフリゲフスキーは、一本の線を持っていた。そして、一本の線を持つことこそ、サッカー審判に求められる一番重要なことなのだ。どうやればサッカー審判として尊敬を勝ち得ることができるかを俺に教えたのがフリゲフスキーでなかったとしても、俺は今と同じような審判になれた可能性はなくはない。そうしたらやっぱり万事うまくいっていただろう。だが、実際は、俺にサッカー審判がどうやって尊敬を勝ち得るかを教えたのは、他の誰でもないフリゲフスキーだったんだ。

控え室からピッチに向かう通路で、俺が十四か月前にまったく別のクラブの試合で、遅延行為に対してイエローカードを食らわした選手がいたとする。そいつに俺は、こっそり、しかしはっきりと、「ああいう遅延行為は、二度と見たくないな」と警告するのだ。そのとき俺が考えていたのは、審判としてのフリゲフスキーがやることというよりは、エレベーターの中でフリゲフスキーがやることを、俺は通路でやる、ということだ。審判としてのフリゲフスキーは、すべてを俺と同じようにやるだろう。やつは、プレーヤーたちには絶えざる存在感と途切れることのないコントロールを、ピッチ上で起こるすべてについての途切れることのない網羅的なコントロールを生み出す。俺は、アパートの大家としてフリゲフスキーのようになることは絶対にない。だが、審判としては、子ども時代の悪夢であり、怪物でもあったフリゲフスキーという男に、すべてとは言わないが、ほとんどすべてを、しかももっとも重要なものを負っているのだ。あろうことか、俺が試合のたびにピッチ上に描く「線」は、フリゲフスキーに教えられた線なのだ。あろうことか、強権的で、口やかましく、子ども嫌いで、ひどく窮屈な、あの茶色いナイロンのエプロンドレスを着た大家が、俺にあの「線」を、試合立会人が、本当は審判立会人である試合立会人が見たがるあの「線」を教えたんだ。俺は、自分で別の「線」を設定できたかもしれない。だが、どの立会人も、俺が審判を始めた頃から、俺の線を、つまり本当はフリゲフスキーの線である俺の線を尊重し、重視し、尊敬し、賞賛した。そもそも、審判が尊重され、重視され、尊敬され、賞賛されるということ自体、普通はないことだ。なにしろ、じつは審判立会人である試合立会人は、審判を批判するためにやって来るんだからな。立会人がいなければ、誰もが見逃してしまうようなミスジャッジを見つけるためにやって来るんだ。ミスジャッジが起きていいのは、審判業界では、どうしてミスが起きてしまったかを検証して、しかるべき必然性が見出されたときだけだ。その審判が笛を吹くリーグが上位リーグであればあるほど、チェックも徹底的になる。すべてのホイッスルがチェックされ、なぜホイッスルを吹かなかったのかも、根拠づけられなくてはならない。じつは審判立会人である試合立会人の前だけじゃなく、サッカー審判に関わるあらゆる存在の中でもっとも下劣で、不必要で、軽薄なものである「メディア」の前でもだ。つまり、テレビレポーターの前でさえもだ。テレビレポーターってのは、考えうる限り、もっともくだらない生きものだ。やつらは、自分では何もしやしないのに、すべてを恐ろしいほど低レベルに引きずりおろす、図々しさを持っている。とりわけ、女のレポーターだ。やつらはファッションショーの花道に上っているようなつもりで得意げにしゃべりまくるが、いかがわしいこと限りない。何でも自分たちと同レベルにしてしまうんだ。声の上げ下げ、イントネーション、しゃべる速さを聞いていると、いかにもこっちの話に関心がありげだ。でも、訊いてくるのは、全部薄っぺらなことばかりだ。「今、どんなお気持ちですかァ?」、彼女たちが一番訊きたがるのは、それだ。あるいは「どんなお気持ちでしたかァ?」、「ご感想はァ?」。いつも質問はおんなじ。そして、いつも恐ろしいほど無意味だ。テレビレポーターたちは、俺を陥れようとして、「なぜあそこでホイッスルを吹いたんですかぁ」、あるいは、「なぜ、あそこで吹かなかったんですかぁ」、「あの場面ではぁ、一体何が起こったんですかぁ」、なんて訊いてくる。やつらは俺をカメラで串刺しにして、悪意に満ちた質問を繰り出してくる。「獲物」と一緒にテレビ画面に映ることは、やつらの虚栄心を満足させるんだ。そしてやつらは、俺が、カメラに映ることに慣れていないのみならずそれを非常に嫌う俺が、質問への答えに窮していると、ニヤリと、いやらしい微笑を浮かべるわけだ。カメラチームは俺を取り巻き、逃げられないように包囲する。まるでやつらは機動隊で、俺は現場から逃げようとする痴漢だ。マイク持ちの男は、俺がちょっと答えないでいると、俺を重罪へと落とし込もうとするかのように、マイクを突きつけてくる。それでもなお考え込んでいるとき、俺は、マイクからガソリンスタンドの臭いが漂ってくるように感じる。そうなると、俺の答えも、脳みそがガソリンの作用でふにゃふにゃになっちまったような感じになる。テレビの連中ってのは、あんな無礼な質問をする権利でも持っているかのような態度だ。俺を取り巻き、カメラで突き刺し、喉元にマイクを突きつける権利があるかのごとくさ。インタビューの依頼ってのは、いつだって悪い知らせだ。テレビの連中は、俺がミスジャッジについて言い訳しようとしたり、苦しんだりするところをみんなに見せたがっている。インタビューがこんなふうに図々しい、歪んだ、みだりにセンセーショナルな形で行なわれると、俺の中には抗いようのないテレビへの嫌悪が高まってくる。テレビ番組を作る連中への嫌悪、そしてテレビの前に座っている連中への嫌悪だ。俺たちサッカー審判のホイッスルは、たしかに、グロテスクなほど決定的な意味を持っている。だが、外科医のメスによる執刀は、はるかに、はるかに、現実に関わる。命に関わってくるんだ。だが、あの最悪に能無しの、最悪に犯罪的なメスを使った医者は、サッカー審判がアホなホイッスルを吹いたときのような、ひどい目にはけっして遭わないだろう。医者の立会人はいないし、トップクラス・ドクターの講習会なんてのもない。じつは医者の立会人である手術立会人もいない。手術の実況中継はないし、モニタールームもないし、手術のレポート記事もない。手術での執刀の仕方も、メスや、内視鏡や、鋏や、鉗子の使い方も、スローモーション・ビデオでチェックされることもない。どうしようもない手術をしたからといって、カメラチームが病院の入り口に待ち構えているわけでもない。それまでいたって健康だった三十一歳の女性患者が、ある土曜日の朝、腹痛で病院に運び込まれて、十二時間後にはもう死んでいたとしても、質問をしてくるカメラチームはいない。「パール先生、胆汁の検査値が普通なのに、患者の体がこれほどひどく傷ついてしまったのは、どういうわけなのでしょうか？」、「パール先生、あなたは自分の医療ミスを認めるのが怖かったからというだけで、合併症が認められる患者の救急移送をさせなかったのですか？」そういう質問をするカメラチームはない。そんな質問は面白くないからだ。手術の執刀は、ホイッスルと同じだ。やり直すことができないという点ではな。けれども、執刀ミスがその後にひき起こす出来事と怒りは、サッカーのミスジャッジに対してやかましい観客が注ぎ込む怒りとは全然違う。サッカーのミスジャッジなんて、結局のところは、馬鹿馬鹿しいほど無意味なものだ。だが、手術の執刀ミスは、時にすべてを変えてしまう。昼を夜に、幸福を破滅に、生を死に、変えてしまうんだ。「パール先生、この女は、かつて、笑っていました、キスをしました、愛しげに愛撫をしました。彼女の微笑、彼女のキス、彼女の愛撫が、失われてしまうことを、あなたは考えましたか？　それが二度と取り戻せないことを、考えましたか？」そんな質問は誰もしない。もちろん、カメラチームもそんなこと訊くはずがない。あの医者は、事業保険金の申し立てをした。つまり、俺の事務所に電話をしてきたのだ。パール医師は、「ミンナノイノチ」という事業保険に入っていた。リューデマン氏は、「この保険は、『ヒトリヲノゾイタミンナノイノチ』と名称を変えなくてはならない」と言っていたが。事業保険というのは、「損害に対して適切な解決を与える」、というのが定義になっている。そんなこと言ったって、馬鹿馬鹿しいだけだけどな。この定義を聞くだけで、全身が逆毛立ってくる。苦しんで死んでいった人間に対して、どんな「適切な解決」があるんだ？しかし、保険の交渉っていうのはそれだけじゃなくて、いわゆる不正な保険金要求を拒否することもする。だから、「ミンナノイノチ」みたいな保険は、原則としてあらゆる保険金要求に対して一度は文句をつける。そして、裁判に持ち込むんだ。裁判には、中立的な「有識者」というのが呼ばれたりする。医療機関の有識者制度は、じつに細かく役割分担が行き届いたサッカー審判のそれとはまるで違って、いい加減なもんだ。だいたい、有識者というよりは、無識者とか、悪識者とか、インチキ者とでも呼んでやったほうがいいような連中ばっかりだ。この「有識者」たちに取材をするカメラチームはない。やつらを取り囲む報道陣はないし、カメラで串刺しにして、マイクを喉元に突きつけることもない。やつらがどれほど悪質で、身の毛がよだつような連中かは関係ないんだ。裁判官も、このいわゆる有識者たちのコメントにしたがって判決をこしらえる。たとえ、この有識者が本当に、無識者で、悪識者で、インチキ者であったとしてもだ。この有識者という連中は、独特の言い回しでしゃべる。たとえば、「患者がただちに搬送されていたとしても、それで致命的な事態が避けられたかどうかは、確実とまでは言えないか、もしくは確実と言えるような確かさをもって言うことはできません」なんて言うんだ。そして、「患者がただちに搬送されて早めの処置を受けることができたら、患者が助かった可能性はかなり高いでしょう」というような分かりやすい言い方は避ける。こういうふうに言ったからって、有識者と呼ばれる、無識者、悪識者、インチキ者が使うような言い回しと比べても、ちっとも事実から遠ざかりやしないだろうに。

しかし、こういう分かりやすい言い方、つまりパール医師には具合の悪い言い方は、いわゆる有識者はしない。そして、パール医師と、俺がやつに世話した「ミンナノイノチ保険」は、一切ケチをつけられることなくこの一件をクリアした。パール医師はなんらの悔恨を示すこともなく、人ひとり死なせた罪を認めることもなく、損害に責任を負わねばならないということもなく、医師免許が剥奪されることもなく、カメラチームの質問攻めに遭うこともなかった。俺は、裁判所のだだっ広い駐車場を斜めに横切りながら、地元テレビ局のロゴが車体に書かれたミニバンがどこかに停まっているんじゃないか、どこかにカメラチームがいるんじゃないかと見回した。しかし、どこにもそんなのはいなかった。医者もしくは有識者がカメラチームに取り囲まれるか、カメラで串刺しにされるか、マイクを口に突っ込まれるか、そういうことはないのだ。医者や有識者は、むしろ有利な立場にあるにもかかわらずだ。反対に、俺たちサッカー審判はインタビューに答え、愛想よく話をする義務がある。しかし、このインタビューは審判の権威を土台から掘り崩すものだ。サッカー審判は、質問に対しては安易に答えてはならない。特に、ガソリンスタンドにたむろする「さー、この方に訊いてみましょーっ」というテレビの連中の質問、それから、いかさま医者やのらりくらりするばかりの有識者たちにはけっしてマイクを向けない「どんなお気持ちですか〜?」の女性レポーターたちの質問に、答える義理はない。サッカー審判は己の職務を自らの責任において遂行する。ひとたび試合が終われば、我々審判が自分たちの判定についてコメントすることは禁じられているし、ましてや言い訳をすることなどできない。ひとたび俺がホイッスルを吹いたら、それについてのあらゆる質問は無駄口になってしまうんだ。カメラチームも、サッカーくじでなぜ三回も続けて「十二」番が当たりだったのか、くじの女神に理由を問いただすこともしない。どんなイカサマ野郎の質問でも受け付けなくっちゃならないなら、俺は政治家になったほうがいいだろう。俺は、自分の見解を説明したり、自分を正当化するためにしゃべったりするのはいやだから、肉屋の女房が、週末の試合で俺がくだした判定について、亭主が「自分だったら、『十一メートル』にはしなかった」と言っているというのを聞いて、もうその肉屋には注文しなくなった。この女房は明らかに、客である俺に対し、気軽な、慣れ親しんだ、個人的な話題について話そうと思ったんだろう。「ご主人にお伝えください。『十一メートル』じゃなくて、ペナルティキックと言うんだ、とね」、俺は女将にそう言った。そして、二度とこの肉屋の敷居をまたぐことはなかった。そもそも、サッカー審判に対しては、信じられないほどの無礼千万がまかり通っている。あの包丁傷だらけの親指がその間抜けさといい加減さの動かしがたい証拠になっている肉屋のごときが、自分はサッカー審判よりも優れた注意力と観察力がある、と思い込めるんだからなあ。サッカーの判定が話題となると、どんなやつでも、口をはさめると思っているんだ。間違えて、自分の体の一部をひき肉にしちまうようなやつでもだ。こういう、専門家気取り、エキスパート気取り、解説者気取りの連中は、サッカーの試合というものがどのように流れていくのか、まるで分かっていない。テレビでは十回も十二回もスローモーションで再生されるシーンだって、現場では「はい、注意して見てください、ここです！」と見えない助手が囁いてくれるようなことはありえないことを、連中は分かっていないんだ。スタジアムが怒濤の歓声を上げる中、俺は即座に判断を下さなくてはならない。スローモーション・ビデオを見ることなど許されない。ストップモーションや早送り、巻き戻しなんてありえない。サッカー審判は、予告もなしに訪れる問題の瞬間を支配できなければならないんだ。「親指ひき肉野郎」は、そういう、予告もなしに訪れる問題の瞬間の支配者として、もっともふさわしくない人間じゃないか。あいつは、「予告された問題の瞬間」にさえ対処できないんだ。肉包丁を持ち上げる。包丁が上、自分の指は下。どういう危険があるのかは明らかだろう。気をつけなくちゃいけないのは、包丁をおろすとき、指がその下に来ないようにすることだけだ。笑っちゃうほど簡単なことだ。なのに、あいつは自分の指を切っちゃうんだから！　そんなやつが、あろうことかそんなやつが、自分には注意力があると思っているんだからなあ。そんな親指ひき肉野郎じゃあ、ペナルティキックのホイッスルを吹こうとしても、自分の舌を噛み切ってしまうだろう。キックオフのホイッスルさえ、吹けやしない。スタジアムに入った瞬間、やつは文字どおりひざから崩れ落ちるだろう。大観衆、大歓声で埋め尽くされたスタジアムは、豚の半身が八つぶらさがった冷蔵室のようなわけにはいかない。サッカー審判の仕事場は、巨大なダンボール箱の底だ。巨大だが、狭くも感じる。なにしろ、サッカー審判は八万人の人間に取り囲まれているんだ。人間の壁だ。人でできた壁が四方から迫ってくる。人間でできた断崖絶壁だ。しかも、この観衆はいつでも、フーリガンに、興奮して奇声を上げるフーリガンに変わるんだ。興奮し、叫びだしたフーリガンが、俺を罵りながら、怒りながら、脅し文句を叫びながら、壁となって迫ってくる。それが、サッカー審判の日常的な仕事場なんだ。もっとも野蛮で、もっとも原始人的な暴動、それがサッカー審判にとっては、吸い慣れた空気だ。スタジアム、特に新しいスタジアム、「アリーナ」などと言われているやつだ、そういうスタジアムは、まさにフーリガンたちが実力を出し切れるように作られている。リューデマン氏に言わせれば、観客席は「フーリガン・スタンド」ということになる。このフーリガン・スタンドには、たいてい屋根がついているが、これは雨よけじゃない。騒音をよく響かせるためだ。フーリガンたちの上に雨つぶが降ってくるかどうかが問題なのではなく、大切な騒音が上のほうに逃げてゆかないようにすることが問題なんだ。スタンドじゃあ、雨なんか気にするやつはいないんだから。多くのアリーナで、フーリガン・スタンドの前にマイクが設置されている。スピーカーで騒音を増幅させ、フーリガンを煽るためだ。最悪の事態は、ゴールが決まったときに訪れる。四分の三のフーリガンが叫ぶ。アウェーの連中だけは黙っている。そこでは騒音はそんなにないわけだ。ところが、フーリガン・スタンド前のマイクが騒音を拾い、増幅された喧騒がスピーカーから流れ出す。ＢＧＭまでついて流れるんだ。騒音は黙示録的で、健康が危険にさらされる臨界点にまで達する。実際、何年も年間五十～六十試合やっているプロ選手が、聴覚障害になって引退するというケースが時々ある。十字靭帯がもうこれ以上手術できないから、辞めるんじゃない。半月板が外れたからでも、距骨関節がつぶれたから辞めるのでもない。膝の軟骨が損傷したわけでも、アキレス腱断裂でもない。ひとえに耳のせいだ。重症の、再起不能の聴覚障害で辞めざるを得なくなるんだ。ピッチ上で聞く歓声というものは、巨大な、過熱した、大津波だ。押し潰し、粉砕する力だ。俺はいつか、フィールド上がうるさくてプレーできないという理由で、没収試合にしてやろうと思っている。サッカー競技規則第五条によれば、主審は試合を没収試合にすることができるんだ。そして、それが天候や暴動が原因でなければならないとは、どこにも書いてない。競技規則第五条には、「その他の理由」とちゃんと書いてある。この「その他の理由」でも、試合を没収できる、いや、しなければならないことがあるわけだ。そして、九四ページある競技規則のどこにも、騒音を理由に試合が没収されてはならないとは書かれていない。俺は、いつか、うるさくて試合ができないという理由で、没収試合を宣告してやる。騒音ゆえに没収試合を宣告する審判は、歴史にその名を刻むことになるだろう。「ウーヴェ・フェルティヒ主審は、決勝戦を騒音により続行不可能として没収試合とした」というわけだ。サッカー審判で、歴史に名を残す人はほとんどいない。俺は、試合のたびに驚くようなことをする、というわけにはいかない。スタープレーヤーがひとつのプレー、個人技で人を驚かせるようなわけにはいかないんだ。キラーパスというのはある。だが、「キラーホイッスル」というのはない。俺には、せいぜい、万事正しく行なわれるようにするだけのことしかできない。しかも、俺がどれだけ正しく仕事をしようとも、けっして十分に正しいということはないのだ。現代のサッカーでは、審判の仕事はルールの遵守を監視することだけじゃない。一方のチームの誰かがルールに抵触した場合に介入するというだけじゃないんだ。現代のサッカーでは、あるプレーヤーが相手チームのプレーヤーに反則を犯させようと意図的にしかけることがある。一番分かりやすいのはオフサイドだ。もともと、オフサイドというルールは、両チームのディフェンダーがゴール前に張り付いていなければならない状態を避けるために生まれたものだ。だがその後、ディフェンダーたちは相手にオフサイドを犯させることを狙うようになってしまった。初期のオフサイドは、分かりやすい構図だったろう。数十年の間は、オフサイドを巡る状況に変化はなかった。オフサイドトラップに神経を使うサッカー監督なんていなかった。だが、一九八〇年にベルギー代表チームが、それまでに知られていたオフサイドトラップよりも、精密さ、狡猾さ、つまりはその効果においてはるかに優ったオフサイドトラップを開発した。この年のヨーロッパ選手権では、ベルギーゴールに向かったほとんどあらゆる攻撃がオフサイドになった。本来のサッカーの実力ではベルギー・チームよりもはるかに大きなポテンシャルをもったチームが、勝てなかった。みんなオフサイドトラップにひっかかってしまったんだ。世界のサッカーにとって、それまで、そしてそれ以後もなんの役割も演じていないベルギー人が、このときばかりはヨーロッパ選手権決勝まで進んだ。事実だけを見るなら、やつらは準優勝チームになった。オフサイドトラップの仕掛けをシステム化して、まさに芸術の域にまで高めたことで、相手を否応なくオフサイドに追い込む戦術の革命を起こしたんだ。だが、このオフサイド革命にはより重大な意味があった。ベルギー人たちは、相手チームのプレーヤーをルール違反へと何度となく追い込むシステムを用いることで、ルールを自分たちのために利用したんだ。そうすることで、やつらはルールを利用しただけなく、まさにサッカーというゲームそのものの意味を変えた。というのもこれでサッカーでは、相手チームがルール違反をするように挑発することが試みられ始めたからだ。ルールは、守るためのものではなくなり、相手チームを陥れるためのものになった。反則へと誘われている相手のほうも、もちろんそれは分かっていて、全力でそれを阻止しようとする。そういうとき、俺が裁かねばならない状況が、カミソリのように際どい状況が生じてくるわけだ。このジャッジメントそのものが熾烈きわまる戦いだ。この戦いでの最初の犠牲者は、審判である俺だ。なぜなら、プレーヤーたちが俺のことを自分たちのチームに、十二人目のプレーヤーとして引き入れようとするからだ。やつらは、俺がやつらの誘導どおりのホイッスルを吹くことを期待しているのだ。やつらはワンツーパスの成功を期待するような感じで、俺にはファウルのホイッスルを期待するのだ。彼らはある時はホイッスルを手段として、ある時はワンツーパスを手段としてプレーをするわけだ。それまで敵のディフェンダーをすいすい抜いていた味方の選手がついに足を出されて倒れると、連中は俺にペナルティキックを期待する。さらに、倒されたプレーヤーは、倒れながら俺のほうに視線をよこし、やつが目をつけた「犯人」の足を俺も見ていたかどうかを確かめている。つまり、俺たち審判は「利用」されているんだ。ルール自体が「利用」されているようにな。これはガソリンスタンドの連中にも知っておいて欲しいのだが、俺たちはつまり、無制限の権力執行を行なうような権威はもはや持ってはおらず、戦略的な計算の一要素へと矮小化されたのだ。俺たちの行動の場は、かつてはサッカーをプレーする場だったのが、いまや悪意と計算の塊の中ということになった。ベルギーは決勝では敗れたけれども、ほかのどのチームもやったことがないくらい、ルールと審判の役割を逆さまにすることで、サッカーというゲーム自体も逆さまにしてみせた。サッカー史も、この核反応のようなできごとを見逃している。たいていのサッカー史の本は、サンバ・サッカーとか、シャルカー・クライゼルとか、トータル・フットボール、キック・アンド・ラッシュ、カテナチオなんていう言葉を使って、その歴史を語っている。だが、あのベルギーの連中以来、ルールが試合をコントロールすることはなくなってしまったんだ。あのベルギー・チーム以来、ルールは試合に引きずり込まれ、試合に押し込まれ、解釈し直され、利用され尽くされた。サッカーでは、ルールを「プレーする」ようになったのだ。俺たち審判にとっては、いいことじゃなかった。俺たちも、試合の中へと引きずり込まれた。好むと好まざるとにかかわらず、俺たちは試合の内部に叩き込まれた。試合の展開に巻き込まれたんだ。それだけじゃない。一方のプレーヤーが相手に反則を犯させようとして、他方がそれを防ごうとすると、それはもう「演出」の問題になる。そうなると、スポーツの問題が、演劇の問題になってくるわけだ。ここで演じられるのは、「あいつ、反則した！」っていう芝居、そして「いや、やってない！」という芝居だ。ここ十年間のサッカーを見ていた人は、俺が言っていることが分かるはずだ。ピッチに登場する時点では、まだ選手はクールなプロフェッショナルで、男らしいイメージを、不屈の男を演じている。だが、ほんの数分後、そいつは最悪のインチキ、最低の子どもだましと言ってもおつりがくるような人間になっているんだ。そろっと触られただけでも、まるでこっぴどく殴りつけられて、暴行を受けたかのように、もんどりうって地面に倒れる。一方で、相手チームの選手を蹴飛ばしてプレーできなくしても、知らんふりをする。「あいつになんか、ぶつかっていませんよ。そもそも近くに寄ったこともない。いや、そんな人知らないし、見かけたこともない」。こっちの選手が大げさに作り話をすれば、あっちの選手は事実を隠し、「そんなことしてない」と言う。俺はその間に立って、この嘘の毛玉の中で決定をしなくちゃならない。ピッチ上は、嘘とペテンと罠とイカサマばかりだ。嘘に、嘘だけに取り囲まれているという認識を、俺は飲み込みきれずにいた。少なくとも初めはそうだった。学校を卒業して十年目のクラス会で、おれはリューデマン氏とも再会したのだが、このときにようやく自分自身の気持ちが分かった。ユーディット・リューデマン、十歳か十一歳のときに好きだった彼女と、午後の間ずっと一緒に過ごした。彼女は、ほとんど最上階、つまり二十四階に住んでいた。俺はほとんど最下層、つまり二階に住んでいた。俺たちは、もちろん、いつだって彼女のところに上がっていって、彼女の父親が帰宅するまで、一緒に宿題をしたり、テレビを見たり、暇つぶしをしたりしていた。父親が戻ってくると、俺は彼の話に夢中になり、ひとかけらの学問を受け取った。一番好きだったのは、いろいろな言葉のそもそもの意味についての話だった。話をしている間、俺の視線は窓の外へとさまよっていた。西ベルリンを、そしてリューデマン家の二十四階下の国境の立入禁止区域を見ていたんだ。俺がリューデマン氏と話したすべてのことは、この背景の前ではある特別な意味を帯びた。だから俺は、もしこれらの話が二階の俺たちのマンションで行なわれていたら、二十四階のリューデマン家においてと同じようには感じられなかっただろうと思っている。俺がぼんやり眺めていた景色のすべては、冷静に見ればごく当たり前の光景だった。だが、俺がぼんやり眺めていた景色のすべては、当たり前のものとして受け止めることがけっしてできないものでもあった。どうしてもできなかった。このことが、すべての会話を無力なものにした。徒労感が、あらゆる会話を貫いた。リューデマン氏との会話でもだ。どんな話題もこの国境では希望を失ってしまう、その感情はひどく生々しいものだった。何について話そうが、リューデマン氏が俺にくれた知識というパンのひとかけらが、どれほど大きく、栄養豊かで、ほかほか湯気が立っていようが、この国境がないかのように話すことはできなかった。ある日、ユーディットは学校に来なかった。彼女の一家は西側への逃亡を企て失敗した、という噂が流れた。「共和国逃亡の企て」と呼ばれていた行為だった。逃亡の試みも、それが失敗に終わったことも、俺はもっともなことだと思った。なぜなら俺には、この国境は到底承服できないものだが、だからといってこれを乗り越えることもできないと思われたからだ。六年後のクラス会まで、俺はユーディットのことも、リューデマン氏のことも、誰からも聞くことはなかった。彼女は、普通に他の町へと引っ越していった同級生たちと同じように、ただいなくなっただけだった。真夜中近くなって、リューデマン氏がユーディットを迎えに来た。けれど、それは彼が俺に会うための口実だった。リューデマン氏はもちろん、俺がその後どうなったかが気になっていたのだ。同じ様に、俺も彼のその後のことが気になっていた。俺は、当時の状況で国外逃亡を企てることがどういうことだったのか、知りたいと思った。リューデマン氏は話してくれた。逃亡の試みの数か月前、彼はアパートの裏庭で小型ハンググライダーを二機組み立てた。そして、あらかじめ入り口の合鍵を入手しておいたライプツィヒ通りのビルから、ほんの百メートル先の西ベルリンに飛び降りようとしていたのだ。ばらされた小型グライダーは、裏庭からアパートへと運び込まなければならなかった。だが、つねに目を光らせている大家のフリゲフスキーが、このやたらにかさ張るフレーム状の部品を持ったリューデマン氏を、エレベーターから出てくるところで「つかまえた」とき、フリゲフスキーはいわゆる当局に連絡をした。シュタージの尋問所、ここにリューデマン氏は何か月も閉じ込められたわけだが、その尋問所での月日は、彼自身によれば、奇妙極まりない経験だったという。つまり彼はそこで、リューデマン氏自身の言葉を用いれば、外界からまったく切り離されていた。尋問官は彼に言った……あなたの仲間は、あなたを完全に裏切った、あなたの奥さんは、もうあなたとは関係を持ちたくないと言っている、あなたに協力しようと言っている西側の人間も存在しない、と。その後何週間も、リューデマン氏は尋問には呼ばれなかった。言われたことが効果を発揮するようにするためだ。尋問官が言ったことが、彼の中に染み込むようにするためにだ。その言葉が、彼に食いついて、完全に食いちぎってしまうようにだ。もちろん、リューデマン氏は、これも彼自身が言ったんだが、嘘をつかれているのだろうと考えずにはいられなかった。だが結局彼は、これほど大規模に、これほど平然と人が嘘をつけるとは思えなかった。こんなに淀みなく、これほどたくさんの嘘がつけるものだろうか、ひとつの空間が、これほど嘘で埋め尽くされてしまうということがあり得るのだろうか。「私たち人間は」、リューデマン氏は言った、「本当はいつも真実を伝え合っているのです。こっちで何かを隠し、あっちで沈黙する、あるいは何か表明する、度を越えて強調する。困ったら嘘をつく、まさにそういう形で、真実を表現するのです。真実は、必要に応じて色をつけられています。しかし、真実に対する感情というものがあります」、リューデマン氏はそう言った。しかし、その真実への感情が、尋問所にはまったくなかった。尋問官は、リューデマン氏によれば、どんな嘘をついても、恥じる様子はまったくなかった。嘘をつくことにまったく道徳的に問題はないかのように、嘘がつき通された。ユーディットがもう上着を羽織ろうとしたとき、リューデマン氏は言った、「あの尋問官の口から出た情報は、まったく何の価値もなかったのです」と。ユーディットはコートを着ると、私たちに向かって座った。それは少し、あの頃のようだった。あの頃、俺は彼らの部屋に座って、俺はあの娘に惚れていて、リューデマン氏は俺に知識のパンをひとかけらくれた。俺は、今またユーディットに惚れていた。今度は本当にだ。ただ、リューデマン氏の話も、本当に俺の心を捉えていた。リューデマン氏は口を開いた、ユーディットはコートを着たまま椅子に腰掛け、耳を傾けた。父親がこういうことを話すのは初めてだったからだ。「自分に対して言われたこと、示されたことを完全に無視して、自分の気持ちから出てくるイメージだけを心に抱くのは、想像を絶するほど難しいことです」、とリューデマン氏は言った。「巧緻な嘘に絡め取られたことがあるなら、それがどんなものか分かるはずです。真実に蹴散らされたことがあるなら、それがどんなものが分かるはずです」、そうリューデマン氏は言いながら、昔のことばかり話していたら、昔の話が突然再び現在になったかのようだった。俺にとってもそうだった。俺は昔のようにユーディットに惚れてしまっただけじゃなくて、リューデマン氏が好んだ言い方をすれば、すっかり彼女にイカれてしまっていた。すっかりイカれた俺は、ユーディットと同じようにその場に座って、話を聞いていた。「彼らが口を開くと、嘘が出てくるのです。彼らがこちらの目を覗き込むと、嘘が聞こえてくるのです。すべての言葉、表情、身振りが、こちらが対抗しようのない嘘を形作っていく。ただ闇雲に、何も、何もかも信じなくなること、それだけができることでした。たとえば私は、『理解できます』

とか『あり得ることだと思います』というような言い方はしなくなっていました。『はい、わかっています』と言うようになったんです」。リューデマン氏の言うことは、俺があの恐ろしいほど空っぽな場所にいる時と同じだ、と俺は思った。やつらは口を開けば嘘を言った。こっちの目を覗き込んでは嘘を言った。すべての言葉、表情、身振りが、こちらから対抗しようのない嘘を作り出した。闇雲に何もかも信じないことにする以外には対抗しようがない嘘を。選手たちは誤魔化し、嘘をつく。あるときは、検察が動き出すようなことをしでかしたあとで、無実を装って天使の顔を見せる。また別のときは、なんでもない接触のあとで、ピッチに倒れ込んだり、のた打ち回ったりする。指先で鼻のてっぺんにちょっと触れただけでKOパンチになってしまう。フォワードが倒れたからって、誰かが彼に触ったとは限らない。「無実のふり」も、のたうち回る選手も、空中に吹っ飛ばされるフォワードも、判定にとって何の意味もない。ピッチは嘘の劇場なんだ。厳密に言えば、半分が嘘でできている劇場だ。そして俺の仕事は、どれが本当で、どれが嘘かを見極めることだ。誰かが倒れたら、俺はそれが、押されたのか、突き飛ばされたのか、引き倒されたのか、足をひっかけられたのか、それとも実はなんでもないのか、ただ芝居が行なわれただけなのか、判断しなくちゃならない。判断して、笛を吹くかどうかを決めなくちゃならない。俺にとっては、何かを見逃す心配よりも、起こっていないことを「見て」しまう心配のほうが大きい。ファウルがファウルだった時代が懐かしいよ！審判を買収することが犯罪だった時代が懐かしい。差し出した金を突き返し、「自分は買収はされない」と思うことができた頃……。試合で、目に見えるファウルが少なくなっても、プレイがフェアになったわけじゃない。嘘つきが目に付かなくなってきたけれど、別に正直者が増えたわけじゃあない。俺が今日泊まったホテルの部屋は、ハネムーンのカップル用みたいなしつらえで、部屋には花と果物が置いてあって、チョコレートの入った飾り皿もあって、バスルームには香水の見本も置いてあって、枕もとにもちょっとした菓子が置いてあった。サッカークラブが審判の部屋を予約するわけにはいかないから、その代わり、ホテルにいわゆる「おもてなし」をさせるわけだ。これなら、見返りを期待しない限りにおいて、禁止されてはいない。花瓶の花や、香水の瓶を部屋に置かせたクラブ・スタッフの誰も、俺たちに何かして欲しかったとは言わない。「おもてなしです」と彼らは言う。「面子ってもんがありますから」と。「クラブはべらぼうに儲かってますし、みなさんにある程度待遇よくできるんですよ」なんて言うんだ。「それに、サッカー業界は貢献してくれた方たち、これからも貢献してくれる方たちには、それなりのちょっとした見返りがある業界なんですよ」だと。「それに、サッカー審判の方で、部屋の花とか、ちょっとしたお菓子なんかで買収される方はいないでしょう?」だと。そんなことを言うとき、彼らがよーく知っているけれど言わないことがある。つまり、まともな人間なら、感謝という感情を知っていて、まともな人間が何かいいことをしてもらったら、お返しをしたいと思うということだ。彼らの知っていることは、まだある。つまり、サッカー審判が「お返し」をできるのは、ピッチ上だけだってことだ。彼ら、サッカークラブの連中は、親切で、気前よく、ゆきとどいたもてなしをしてくれる。だが、実のところ、それは恥知らずな買収工作なんだ。「何も禁止されていることはしていません」という作戦だ。しかし、こういうのがじつは一番えげつない買収工作なんだ。なぜなら彼らは、俺が公正中立を保とうとすると、それが恩知らずなことでもあるかのように俺を追い込んでいくからだ。いい思いをすれば、俺はやはり恩義を感じる、だが、すると俺は逆に自分が恩知らずな人間に思えてくるのだ。だから、俺が公正中立でいようとするなら、さらなる矛盾の中に落ち込んでいくことになる。そして、俺はもう、一秒たりとも審判でいることがふさわしくない人間となるわけだ。彼らは俺を、おもてなしと、気配りと、気前のよさで包囲する。だが、その狙いはただひとつ、もちろん、審判としての俺を意のままにし、真に公正なる人間を日和見主義者へと落とし込んで、何でも言うことを聞く、感謝の気持ちでずぶぬれのぼろ雑巾にして壊滅させることだ。いついかなるときも公正中立であることとは、「たとえ一方のチーム全員がベンチもろともに、目をむいて、怒鳴りながら、腕を振り回しながら俺のほうに駆け寄ってきてもなんらの影響も受けない」、なんてことじゃない。いついかなるときも公正中立であるということとは、最高にナイスな、ゴージャスな、蠱惑的な、堕落してしまいそうな状況でも、何の影響も受けない、ということだ。芝生の上で起こることについて公正中立であること、不偏不党であることは審判の財産であり、もっとも大切な才能なのだ。事態の真っ只中にいること、至近距離にいること、あらゆることを目撃しているること、それでいながら、心はまったく関わっていないこと、それが可能であればこそ、そういうことができるからこそ、俺はピッチの上にいるのだ。そして、まさにそういう能力を、枕もとのお菓子が、新鮮なフルーツが、香水の小瓶が、俺からそおっと奪い去ろうとするのだ。俺の感謝の心が狙われるんだ。だが俺は、ほんのひとかけらでも、審判の独立性を譲り渡すわけにはいかない。審判にとって、独立性をひとかけら譲り渡すことは、全面的に譲り渡すのと同じことだ。奴隷として身を譲り渡すのと同じなんだ。自分が空っぽになってしまうことと、同じなんだ。一度でも、一度でも迎合したら、俺をとりまくシールドが崩壊する、言ってみれば、オーラが崩壊するんだ。迎合しよう、という決意を俺がしたのは、オスロの国立ギャラリーでムンクの絵の前に立ったときだった。ユーディットはあの絵を「あなたの同業のイタリア人に似てる」と言ったが、そのイタリア人審判は、俺がユーディットと絵の前に立っていた頃、ちょうどスター審判へと上りつめようとしていた。絵の前に立ちながら、ユーディットは言った。「あのイタリア人は、別に頭がつるつるで突き刺すような目つきをしているから有名なんじゃないでしょうけど、ものすごく優秀だから有名だというわけでもないのよね」と。やつの名声は、他の有名人たちの名声と同じで、大衆の中で生まれ、大衆に望まれ、大衆によって育てられたものだった。スポーツ選手がその成功によって有名になり、スターたちが有名になるのは、無数の人々が彼に自分を投影するからだ。無数の人々が、彼の中に、自分がよく知っていて、自分もそうなりたかったものを見出すのだ。「誰がスターになって、誰がならないかほど、分からないものもないわね」、ユーディットは言った。「あのイタリア人審判が有名なのは、この絵と関係があるわ」、ユーディットは言った。「だって、この絵は誰でも知ってる。これは二十世紀の象徴なんだわ。二十世紀の地獄巡りの象徴、二十世紀の残虐と、ショックと、恐怖と、とらえどころのない不安の象徴。誰もがこの絵を見たことがあるわ。旅行パンフレットの中だけかもしれない。新聞の白黒写真かもしれない。でも、誰もこの絵を忘れられない。あの有名なイタリ人審判は、自分では気づいていないかもしれないけれど、この絵と似てるわよね。この、芸術になった自分の分身の前に立ったことはないかもしれないけど。私が最初かもしれない、私だけが気づいているのかもしれないけど」ユーディットは絵を見つめながら言った。「でも、この絵がなければ、たしかに『オリジナル』の、この絵がなければ、あの人の『オリジナル』のこの絵がなければ、あのイタリア人審判はただの道化ね。でも、絵があるから、この絵に関しては、じゃなければこの絵のおかげで、あの人は何かの表現になる。そして、アメリカのロックバンドのヴォーカリストが受けるのと同じ拍手喝采をドイツで受けるんだわ。ヴォーカリストが、英語でドイツのお客さんたちに声をかけると、みんな、『イェイ』って歓声を返す。でもそれは単に、英語が分かったことのサインに過ぎないんだわ。あの有名なイタリア人審判に対する喝采は、『彼のオリジナルを知っている』ことを私たちの無意識が表現するためには、彼を有名人として扱うしかないからなんじゃないかしら。」俺はユーディットに訊いた。「俺にも、無数の人々の無意識に訴える力があると思うかい?」、「わからない」、ユーディットはそう言って、次の絵へと歩いていった。後日、試合中にレッドカードを出すチャンスが訪れたとき、「シャワーを浴びなければならない場所に送られる」ことが、どんな連想をもたらすかということを俺は意識してしまった。「アウシュヴィッツだ」、俺は思った。スタジアムに、アウシュヴィッツの生き残りはいやしない。だが、アウシュヴィッツという地名について誰もがぼんやりとした嫌なイメージを持っている。俺は人々が無意識に抱いているそんなイメージに対応する何かを示すべきだ、と思った。「ジグザグに、鋭角的な動きはどうだろう」。そう思った俺は、サイレント映画の登場人物が歩き回るような動きを試みた。「シンプルな、ぴしっとしたジェスチャーがいいんじゃないか?」俺は、機械仕掛けの人形みたいな動きをしてみた。無慈悲な、サディスティックな官僚のように見せようとしたんだ。訳の分からない走り方をしたらどうだろう、俺は考えた。そして、車椅子に乗ったナチス親衛隊がこけたときのようにやってみた。柔らかい芝生の上でじぐざぐにうまく動くことは、簡単じゃあない。だが、そういうものを観客は求めているんじゃないのか。はっきりとした、さくさくっとした、君主のような態度を。俺は全身でひとつの身振りを示した。つまり、「ファナティックな」、——ゲッベルスも好んで使った言葉だ——狂信者をひきつけるような動作をしたんだ。そうして、プレーヤーがシャワー室に送り込まれるとき、アウシュヴィッツの空気が漂ってくる。こういう迎合は、避けられない。迎合なしにはやっていけない。審判は、いつか壁に突き当たる。審判がスーパーゲームを提供するということはできないからだ。プレーヤーは、あり得ない角度からシュートを決めることができるが、審判はあり得ない笛を吹くことはできない。「……フェルティヒ主審が笛を吹きました。ホイッスル、ホイッスル、ホイッスル！　実況をお聞きのみなさん、このホイッスルが聴こえましたでしょうか。素晴らしい！　五人のプレーヤーが視界を遮っていたにもかかわらず、フェルティヒ主審はハンドの反則を見逃しませんでした。この、ほんのわずかなボールへのタッチ、おぉ〜、これはスロー再生で見ても、非常に分かりづらい。なんという目でしょうか！　フェルティヒ主審は神の申し子です！ウーヴェ、君はサッカー審判の神だ！」アナウンサーが、そんなふうに俺のことを実況することは、けっしてないだろう。俺たちにとって最高の称号は、「国民的ホイッスル」ということになっている。あるプレーヤーがあり得ないことを成し遂げたなら、そいつは英雄だ。だが、俺があり得ない笛を吹いたら、俺は袋叩きだ。もし新聞に俺がピッチ上で最高の男だったと書かれていたら、それは試合がまるで退屈だったということだ。新聞が俺を最高だったと褒めるときは、それはただ、プレーヤーたちを罵倒し、馬鹿にするためだ。「お前らプレーヤーは、このちんけな審判よりもせこい存在なんだ」っということだ。審判には、三十年たってもみんなが熱狂して語り草にするようなイベントを作り出すことはできない。審判は、その成功によって、その名を不滅のものとすることはできない。どんな審判でも、その成功によって、不滅の名声を手にすることはできないんだ。審判はただ、その誤審によって永遠に名を残すのみだ。一九六六年には全然生まれてなかったドイツ人でも、あの年、ウェンブリーのイングランド対ドイツ戦でボールがゴールラインを割ったと判定して、試合を三対二とイングランドリードにした審判の名前は覚えているかもしれない。多くの伝説の試合は、誤審ゆえに、正確に言えば疑惑の判定ゆえに、「伝説」としてのステータスを得ている。大いに議論を呼ぶ判定ゆえにだ。ただ、判定が微妙なら伝説になるのかといえば、そうじゃあない。「ウェンブリー・ゴール」は、数年に一度しか起こらない。入ったか、入ってないのか、それがとことん問題になるケースだ。何千回議論を繰り返しても、決着がつくことはない。ドイツ人の目には、あれは入っていなかった。入っていたはずがない。イングランド人の目には、あれはゴールラインの数光年かなたにまで入っている。今日では、ウェンブリー・ゴールはまったく不可能なものになった。今ではビデオのスロー再生があるし、十六台、二十台ものカメラが異なる角度から試合を撮影しているからな。今日でも、本当は入っていないゴールを審判が「入った」と判定することはある。だが、今は疑惑の判定のすぐあとで、スロー再生が行なわれる。すると、疑惑の判定は、正しい判定もしくは誤審のどっちかになるわけだ。判定が微妙な状況では、いつもスロー再生で確認するようにすれば話は簡単になるだろう。あるいは、ボールにマイクロチップを入れておけばいい。サッカー審判の事業保険というのは考えられない。なぜなら、彼の業務上過失を実証する証拠は、窒息させられるほど圧倒的な権力として立ちはだかっているからだ。世界中のどこにも、審判のこういう状況に対応する保険はない。もし医者が、サッカー審判と同じくらい容赦のない監視のもとにさらされたなら、と、俺は背広のポケットの上から車の鍵を手探りしながら思った、そうなれば、医者の事業保険というものもあり得ないだろう。誤審の八十パーセントは、本当になくそうと思ったら、なくせる。テクノロジーがあるからな。しかし、人間は不確実性を、人間らしいファクターを、過ちを求めるものでもあるんだ。サッカーファンは誤審を欲しているんだ。興奮を呼ぶからだ。そして、興奮こそが、サッカーの核心なんだ。人は興奮するためにサッカーを見るんだ。そして、誤審というのは、何年たっても、何十年たっても、興奮しながらそれについいて話せる。だから、審判がサッカーに対してできる貢献で、誤審以上のものはないんだ。誤審こそは、審判がサッカーに与えることができる最高のものなんだ。そうさ、もしサッカーの試合でいつも強いほうのチームが勝つのなら、誤審はサッカーというスポーツを破壊し、否定するということになるだろう。だけど、じつはサッカーというスポーツは、もうとっくの昔に壊れてしまっている。スポーツとしてのサッカーは、もう存在していない。スポーツの試合っていうのは、最優秀のプレーヤー、ベストのチームを決めるためにするわけだけれども、サッカーでは、どっちのチームがより優れているか、ということが問題なんじゃない。誰も、「サッカーではより優れたチームが勝つ」、などとは言わない。実力が、能力の優劣が試合の結果に反映する、などという者はいない。ベスト・プレーヤーが優勝するのを見たいんだったら、走り幅跳びを見ればいい。サッカーっていうのは、二つのチームが九十分にわたってひとつの決着をめざしてゲームをする。そのとき、たとえ0対0に終わっても、それもひとつの決着だという了解ははじめからあるわけだ。引き分けは未決着ではなく、それもひとつの決着なんだ。決着がつかなかった、という決着なんだ。だが、こんなこと言っている段階で、もうスポーツの決着という概念を超え出てしまっている。サッカーはスポーツとしては、すでに死んでいる。「フットボール・スポーツ」なんていう言い方は、とっくの昔に死語になっているけれども、それは正しい。そんな言葉は、サッカーに関する何ごとも言い当てていないからな。人はサッカーの結果について話し、サッカー・ビジネスについて話し、サッカーのスペクタクルについて話す。だが、「スポーツとしてのサッカー」について話題になることはない。サッカーは、イベントとして、エンターテインメントとして、気晴らしとして、ショーとして、生き続けているんだ。ものすごく大規模な「興奮引き起こし機」なんだ。興奮という火には、あらゆる側面から油が注がれる。審判の役割は、サッカーに誤審という油を注いでやることなんだ。しかし、どうでもいいような誤審じゃだめだ。最高の、最上質の誤審でなくてはならない。思いもかけない、運命的な誤審でなくてはならない。そしてもちろん、永遠に輝く誤審でなくちゃだめだ。不滅の誤審だ。審判のホイッスルは、外科医のメス同様、やり直しがきかない。監督も、マネージャーも、ファンも、異議を申し立てることはできないし、ルールを踏み越えて、判定を覆そうとすることもできない。外科医のメスのひとさばきが、患者にも、近親者にも、看護師たちにも、病院長にも、やり直しすることができないようにだ。俺だって、自分の判定を覆すことはできない。あるゴールが、審判によって認定された。いわゆる幽霊ゴールだ。ボールは外側からサイドネットに突っ込んでいた。観客は「ゴール」の判定に逆上した。選手たちは両腕を上げて抗議した。主審と線審が、あの頃はまだ「副審」とは言わなかった、「ゴールだ」と判定したんだ。バイエルン・ミュンヘンがニュルンベルクFCに対して決めたゴールとして。試合は二対一となり、センターラインから新たにキックオフされた。つまり、見間違いのゴールはノーカウントにして、本当のゴールだけを得点に数えるということにはならなかった。本気で「試合を一対一からやり直せ」と言う者はなかった。なぜなら、ゴールが決まったのであれ、勘違いであれ、ゴールが得点と判定されたことは事実だからだ。試合は完全に台無しになった。試合の中で発生したことはなんであれ、動かすことはできないのだから、あとできることといえば、試合全部を否定することだけだ。まるで、そんな試合はなかったかのように。でも、無効試合にしろ、などと主張する者はいない。現実的じゃないからだ。ゲームが無効試合になってしまった場合、チケットを買わされた観客は、再試合のチケットも買わなくてはならない。法律的に言うと、彼らは最初の試合のチケットを買ったときに、バイエルン対ニュルンベルクの試合の決着をスタジアムで体験する権利を買ったことになるはずで、したがって再試合は無料で見られていいはずだ。けれども、彼らはつべこべ言わずにまたチケットを買う。なぜなら、彼らが欲しいのは決着ではなくて、興奮だからだ。興奮こそがサッカーの核心だからだ。サッカーは観衆を石器時代に連れ戻す。彼らを石器人にする。彼らを取り巻く文明には値しない石器人に。石器人は殴り合わずにはいられない。諍いを起こし、戦わずにはいられない。毎週が戦いだ。熊と、マンモスと、それに隣の森に住んでいる部族のやつらと。毎週末いきり立って、国家総動員、唸り声を上げて、戦い、いけにえを捧げ、勝利感あるいは敗北感を味わう。そういう感情を抱く能力を、サッカーファンという人種はいまだに持ってるんだ。だが、文明社会はそんな連中をどう扱ったらいいのかが、分からない。石器人はスタジアムにやって来たファンたちの中で、はじめて自分を主張しはじめる。一年に三十四回ある土曜日にだけ、ネアンデルタール人が目を覚ます。それ以外に、人々がサッカーにこれほど興奮することをどう説明できるというんだ？　サッカーなんて、無意味な大騒ぎ以外の何ものでもないじゃないか。このところ、サッカーがあんまり無意味じゃなくなってきているとしてもだ。とっくの昔に、「サッカーはただの遊びだよ」なんて言えなくなっている。子どもなら、そう言われて納得するだろう。双六遊びをして、機嫌を損ねて、双六盤から駒を片付け、サイコロをしまうとき、子どもがぎゃーぎゃー言っているなら、「ねえ、これは遊びだからさ」って。遊びってのは、なんでもできるってことだ。王国を建設したり、「命（ライフ）」を集めたり、億万長者になったり、また貧乏になったりできる。でも、遊びが終わったら、すべては現実に戻るんだ。そして、すべては以前のままでなければならない。遊びは、あとに何も残してはならない。さもないと、遊びじゃなくなってしまう。ふたりの人間が、一緒に遊んだあとに互いに口をきかなくなったら、

「遊びが真面目になってしまった」ってことだ。じつはサッカーはとっくに真面目になってしまっている。サッカーでは、誰も「あとには何も残らない」とは思っていない。いろんな業界が関わっているんだ。何百万人もの人生がかかっている。何にも分かってないやつだけが、「サッカーなんて遊びさ」などと言うんだ。サッカーは「遊び」などというものとは、もうまったく関係ない。遊びとしてのサッカーは根本的に否定されたんだ。サッカーにもっとも深く関わっている人間たちによってな。インテリたちにとっては、驚くような話じゃあない。何かを滅ぼすためのもっともいい方法は、そのことに身も心も捧げることだ。あるものを滅ぼすのは、いつだっていわゆる圧倒的な支持者、いわゆる熱狂的な崇拝者、いわゆる献身的な活動家、そう呼ばれる連中だ。ほかでもない、共産主義者たちが、共産主義を滅ぼしたんだ。最悪の環境破壊は、環境保護の名のもとに行なわれる。なにしろ、環境保護運動家たちから大きな達成だとほめたたえられた風力発電ほど大規模な環境破壊があるだろうか？　目の中に星をまたたかせながら語る環境保護運動家たちは、「三十年前は、ブロクドルフでは放水車の水でびしょびしょになったものだ」と語る。声を感動に震わせながら語る環境保護運動家たちは、「二十年前は、ヴァッカースドルフでは、警察に追っ払われたものだ」と語る。やつらは風力発電のためにずぶ濡れになったのだから、あの風車の化け物で台無しになった、今では「ウィンドパーク」と宣伝されている風景をやつらにも見せてやらねばならないはずだ。どう思うか、訊かなくちゃいけないはずだ。あんたたちは、警察に追っ払われていたとき、これを望んでいたのか、と。この史上最悪の景観破壊を、今後も、場合によっては警察権力さえも用いて進めていくつもりなのか、と。環境保護運動家が容赦ない環境の破壊者であるように、共産主義者たちこそが強力な共産主義打倒者であったように、ウーマンリブの運動家たちこそは、女性解放運動にとって最悪の不幸だったんだ。センシブルで品位ある人々は、女性解放運動家たちのやろうとしていることには反発を覚えずにはいられなかった。センシブルで品位ある人々にとっては、女性解放運動家たちと何かを一緒にやるということは不可能だったんだ。女性解放運動も、圧倒的な支持者たちと狂信的な活動家たちのせいで、なんとも無様な行為に変わり果ててしまった。それを推進しようとする人々の手に落ちると、なんでも無残に変わり果ててしまうように。それを印にして旗を振るような連中の手に落ちるとだ。そんなふうにして、遊びとしてのサッカーは滅ぼされた。「サッカーなんて、遊びだよ」と言うことのできる、あとに何も残してはならないものとしてのサッカーは滅ぼされたんだ。自分たちを、圧倒的な支持者、熱狂的な崇拝者、献身的な活動家だと思っている連中の手によって、滅んだんだ。俺自身について言えば、「ミンナノイノチ」保険のベスト・セールスマンになることは、保険にとって悪夢になること、棺桶の蓋を打ち付ける釘になることだった。俺は、自分の車にたどり着いたときにそう思った。俺は、顧客やクライアントを探す必要はまったくなかった。俺はドアを開けさえすればよかったんだ。そうすりゃ、もう客は転がり込んできた。サッカー審判は、みんなからきちんとした人間だと思われていて、それは保険みたいにやたらちっちゃな文字が使われるような業界では、非常に値打ちのあることなんだ。しかも、みんな俺と話をしたがる。偉大なプレーヤーたちについて、彼らが実際どんな人間なのか、純粋に人間としての話を聞きたがるんだ。そしたらもう、俺はベスト・セールスマンさ。サッカー審判である俺は、二週間ごとに土曜日の朝はホテルで目覚める。ユーディットが俺に電話をしてきたあの日も土曜日だった。「お腹が痛いの、すごく痛いの」と、彼女は言っていた。「救急車を呼ぶんだ」と俺は言った。彼女は「そうするわ」と言い、もう一度、「痛い、すごく痛い」と言った。だが、俺は四百キロ離れたところにいて、午後の試合で笛を吹かなくてはならなかった。ユーディットが救急隊の手で病院に運ばれているとき、俺はエレベーターで朝食会場に向かっていた。パール医師が内視鏡を彼女の食道に挿入しているとき、俺はナッツ入りのパンを味わっていた。内視鏡が彼女の体内を傷つけたとき、俺はオレンジジュースを飲んでいた。胆汁と膵液が彼女の腹腔を満たしていったとき、スタジアムにもまた人が満ちていった。ユーディットがさらに最悪の苦痛を味わっていたとき、俺はストレッチをしていた。パール医師が「かちんこちんの腹圧」を確認していたとき、俺はボールの空気圧を確認していた。両チームがピッチ上で左右に分かれたとき、胆汁と膵液も分かれた。そして試合が始まった。俺は情け容赦なくホイッスルを吹いた。本当は審判立会人である試合立会人が審判評価票の左側にある、やつらの領分、すべてのチェックボックスにチェックを入れた。俺は試合終了まではユーディットのことは何も耳にしなかった。けれども俺の頭は彼女のことでいっぱいだった。俺は集中力を途切れさせることなく、決然と、鮮明なラインを保っていた。だがパール医師はユーディットをただ寝かせておいた。鎮痛剤を与えて、症状がおさまるのを待っていた。だが、腹腔内に流れ込んだ胆汁と膵液は、内臓を痛めつけ破壊する作用をもっていた。致命的な作用を。ただ、死はすぐには訪れず、ゆっくりと、ユーディットをひどく苦しめながら近づいてきた。俺は集中力を途切れさせることなく、決然と、鮮明なラインを保って試合を裁いた。試合後、審判評価票はすべての点で合格だった。しかし、ユーディットは違った。「すごく痛いの」、それが俺が彼女から聞いた最後の言葉になった。俺が病院に着いたとき、彼女はもう意識を失っていた。もう、手の施しようがなかった。もし、そばに誰かがいてやれたら、もし誰かがもっとちゃんと主張できたら、もし誰かが、ユーディットを専門病院に移すように要求していたら……、そもそも、俺が俺自身を訴えるべきなのだ、俺はリモコンで車のドアロックを解除しながらそう思った。だが、俺が中立人でもあれば、同時に申立人の敵対者でもある場合、俺は一人二役にはまり込むことになる。二つの立場に立つこと、それは俺にはできない相談だ。それならむしろ、八万人の叫びと、怒声と、罵声に囲まれるほうがましだ。リューデマン氏は、パール医師を弾劾することには加わらなかった。「それは、やり過ぎだよ」と彼は何度も何度も言った。この、パール医師の不作為のせいで娘を失った父親は、動議提出、法律用語ではそう言うんだが、動議提出はしなかった。ただ、何度も何度も「それは、やり過ぎだ」と言ったんだ。「私たちは医者に、我々の体を切り刻むことを認めている」、リューデマン氏は言った。「私たちは医者に、我々の心臓を止める権限を与えているんだ。そして、彼らはそれを再び動き出すようにしてくれると信じている。私たちは彼らに、体内から臓器を取り出すことを、また他人の臓器を埋め込むことを許している。医者たちは、何時間も、危険な、命を奪うこともできる刃物で、人体内を捜索することが許されている。肋骨をこじ開けて、人体図鑑みたいに心臓をむき出しにすることが許されている。彼らに、そういうことを、間一髪で人を殺すかもしれないところで、死まで紙一重のところで仕事をさせておいて、けっして彼らが人を死なせないことを期待するのは、我々の過ぎた欲だよ。むしろ、そういうことがまったく起きないことのほうが、奇跡だろう」そうリューデマン氏は言った。「私たちは、足から静脈を取り出して、それを心臓に取り付けるというようなこともさせる。私たちは医者に、人体がまるで趣味の工作室でもあるかのようなことをさせる。彼らはつぎはぎをし、鉋をかけ、鋸でひき、釘を打ち、フライス加工し、糊付けし、縫い合わせる。我々は、途方もない、そら恐ろしいほどの信頼を医師に寄せているのだ」、リューデマン氏は言った。「それに対する保険になるものは、何もない。それとバランスを取るだけの不信を、我々は持ち合わせていない。私の心臓を止める権限を委ねた人物を、腹を胸元から下腹まで一気に切り開くことを許した人物を、私は疑うことはできない。疑ったとして、何の意味もない。医師たちは、白衣をまとった神なんだ。その行いによってではなく、我々がわが身を完全に彼らに預けることによって、彼らは神になるんだ。医師たち自身にも、確信を失ってもらいたくない。私の心臓を止める医師には、その心臓を再び動かすことができるかどうかについて、ほんのひとかけらでも疑いを持ってほしくない。もちろん、君の仕事であるサッカー審判においては、ちっぽけな糸くずみたいなことにいたるまですべてが議論し尽くされている。じつにくだらないことについてまで、随分な時間を費やして話し合われている。プロとしてであれ、しろうととしてであれ、くだらないことのための言葉なら、我々は持ち合わせているんだ。重大な事柄について話すことができないとき、私たちは取るに足らないことについて話さざるを得ない。

ちゃんとした言葉を持ち合わせないとき、私たちはくだらないことを言うしかない。重要なことに対してきちんと対応できないとき……」、リューデマン氏は言った、「私たちは取るに足らないことを、まるで重大なことであるかのように扱う。医者がやっていることは、深刻なことだ。まさに、切れば血が出るほどに深刻なことだ。まさに決定的な瞬間に私たちが無制限に信頼を寄せざるを得ない医師たちを、自分たちのシステムの中に連れ込み、押し込み、矮小化するのは、やり過ぎだ。間違いを犯すな、というのは、小学校みたいなふざけた要求だろう。医師たちは、すべてを超越した法外な信頼に、自分たちの能力を対応させねばならないという問題を抱えているんだ。メスのもとに身を横たえる人間は、白刃に身をさらす人間は」、字面どおりに言葉を理解するのが好きなリューデマン氏は言った、「ある力に身を委ねるんだ。人を殺すこともできる力に。メスに身をさらす人間は、何かを望んでもいいだろう。けれど、何かを要求したり、あとから文句を言ったりしてはならない。麻酔ガスのマスクが顔に押し当てられたとき、金属が肌に触れたとき、患者は別次元に移行する。他者に身を委ねるんだ。他者に、自分の命についての責任を任せるんだ。それは、とんでもないことだよ！　それで、患者が回復すれば、救世主である医師はすぐに忘れ去られる。もし患者が死ねば、その患者は死者の軍団に加わって、夜な夜な医師の枕もとにうらめしげに立つことになる。ユーディットの希望で、ユーディットの頼みで、内視鏡手術を行なった医師が、彼女の体を傷つけて死に至らしめたからといって、彼に罪を着せるのはやり過ぎだ」。『やり過ぎ』、この言葉をリューデマン氏は何度も何度も噛みしめていた。まるで、この言葉を字面どおり受け止めることができないことに腹を立てているかのように。あるいは、この言葉が適切なものであるにもかかわらず好ましいことではないことに腹を立てているかのように。「君がパール医師を告発することは、やり過ぎだ」と彼は言った。ユーディットの死を、医師の責任と、保険会社の金銭上の利害に落とし込んでしまうこの裁判、やたらに手際はいいが結局のところ裁判のことなんかどうでもいいと思っている有識者、いや無識者、悪識者、インチキ者が決定的な役割を演じるこの裁判自体が「やり過ぎ」であるのと同様に。八千万人いるドイツ人の中で、保険会社「ミンナノイノチ」の医師に対する事業保険の担当がよりにもよって俺だったということ、つまりパール医師の事業保険担当がよりにもよって俺だったということは、お笑い種のチャンピオンだと言えるだろう。「やり過ぎだ。やり過ぎと言うほかない」、リューデマン氏は、言葉を字面どおりに受けとめるリューデマン氏は何度も何度も言った。彼は、「過酷すぎる」という意味でそう言ったのかもしれない。しかし、そういう言い方は彼には古くさ過ぎたから、別の言い方をしたのだろう、車のところにたどり着いた俺は助手席の花束を見ながらそう思った。この花は俺がユーディットのために、今日彼女の三十四回目の誕生日に、墓に供えようと買ったものだ。墓地の向かい側にある花屋には綺麗な花はなく、そのくせ高い。だから俺はいつでも、以前から、ユーディットが生きていた頃からよく買った家の近所の角の花屋で買うんだ。裁判所でのやり取りは五十分で終わった。前半終了にちょっぴりロスタイムってとこだ。だから、花はまだ新鮮だった。花は、俺は思った、花は言葉や裁判なんてものができるずっと前から存在している。そして、言葉も裁判もなくなってしまったときにも、まだ存在しているだろう。それが俺の慰めだった。

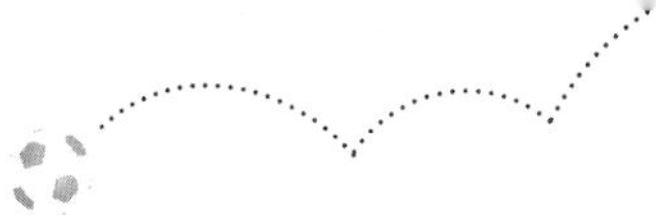

日本版へのあとがき

サッカーでは、より優秀なチームがいつも勝つわけじゃあない。たったひとつのプレーで試合が決まってしまうこともあるんだから。キーパーのミスであれ、ストライカーの一瞬のひらめきであれだ。ひとりで試合を決められるプレーヤーは、チームにとってもちろん重要だ。そういうプレーヤーは試合を決める状況自体を作り出すことができる。だが、チーム全員がそういうプレーヤーに合わせようとすると、中心選手がダメな日はなにもかも台無しになる。

僕はむしろ、平凡なプレーヤーたちからなるチームが、監督の力量で勝ってしまうことに興味がある。より優秀なチームが勝つとは限らないのだから、それは可能なのだ。ヨーロッパのリーグ（とりわけ英国のプレミアリーグ、ブンデスリーガ、そしてフランスのリーグ）では、多くのアフリカ人プレーヤーが目に付く。彼らの評価は高い。しばしば得点王にもなるし、ニーズもあるからギャラも高く、移籍金もまた莫大なものになる。だが、彼らが母国に帰って入るナショナルチームは、一人一人がスゴいわりには、結局たいして成功していない。その真逆なのが、日本代表だ。日本の選手たちはヨーロッパでそれほど売れていない。有名クラブでプレーしている日本人もいるが、大抵は控えベンチにいる。ところが、ワールドカップでの日本代表は、個々の選手の能力のわりには、ずいぶん上まで勝ち進む。これは、日本語を話せるプレーヤーだけで構成されたチームでプレーすることが特別に刺激的でモチベーションが高まる、というだけのことではあるまい。

日本がワールドカップに初出場（一九九八年）した時から、僕はこのチームが好きだった。魅力のひとつは、日本チームにおいては、まだ「サッカー」がプレーされていたからだ。日本人選手は、ボールをじつにうまく捌いていた。そうせざるをえなかったのだ。体格で劣る日本人の選手たちは、高く長いボールを、味方に向けて蹴り出すわけにはいかない。そういうパスは、より大きく、より力が強く、より速い敵方のプレーヤーに奪われてしまったからだ。日本人は足元でボールを扱い、素早く敏捷に、敵陣でボールを回していった。彼らはボールで何かを動かさねばならなかった。これが見ごたえがあったのだ。なかなか見られないタイプのサッカーだ。その上、彼らには闘志、献身、そしてフェアプレーがあった。サッカーを愛する者なら、日本代表を愛さずにはいられなかったはずだ。

そうこうするうち、日本人選手もフィジカルでそんなには負けなくなった。

それが日本にとって有利に働くかどうかは、僕には分からない。前回のワールドカップで、日本はたしかに一次リーグを突破した。デンマーク戦の本田や遠藤によるフリーキックは、まるでクリスツィアーノ・ロナウドみたいだった。けれども、準々決勝のパラグアイ戦は、奇妙な無気力が支配していた。選手たちの動きには創造性も覇気もなく、試合を決めてやるという姿勢が見られなかった。日本チームはまるで試合前に「引き分けでいいんだ」と誰かに指示されたかのような試合ぶりだった。日本の美点、すなわち溢れる機動性、献身的プレー、そして高い技術が、残念ながらパラグアイ戦では見られなかった。どちらのチームも勝利に値しない試合が終わり、日本はＰＫで敗れた。日本代表は本当の世界トップと伍していくには力不足かもしれないが、彼らの敗退は力を出し切ってのものではなかった。

ドイツでは、日本のサッカーは「それなり」の紹介しかされてこなかった。ワールドカップの時は、日本チームの映像ももちろん放映されるし、ブンデスリーガのクラブが日本人選手を雇い入れたときも報道はされる。日本人のプレーはきちんとしている。だが、本当のヒーローになった日本人はいなかった……香川真司が出現するまでは。ボルシア・ドルトムントが二〇一〇年の夏に獲得した攻撃的ミッドフィルダー香川は、ワールドカップでは試合出場の機会はなかった。だから、彼への期待は特別に高いものではなかったし、ブンデスリーガの中では体格も大きくなく、体重もかなり軽かったから、小さな星がやってきたのだと分かる者はいなかった。しかし香川はそんな前評判をすぐひっくり返した。まずはボルシア・ドルトムントがUEFAカップに進出する追い風となり、さらにブンデスリーガの前半で8ゴールを決めて、センセーショナルなシーズンを演出した。リーグ第4週、地域のダービーとなる宿敵シャルケ04戦では、試合開始後いきなり立て続けに2発のゴールを決めた。3―1の勝利につながるセンタリングを上げた時には、香川はもうドルトムントの英雄だった。この原稿を書いている、2010‐2011年のシーズン後半の開幕戦を終えた段階で、ボルシア・ドルトムントのリードはあまりに大きく、他のクラブが優勝することはもはや想像できないほどだ。香川への熱狂は、誰も予期していなかっただけに、一層大きなものがある。彼は三五万ユーロという、かなり安い移籍金でドルトムントにやってきて（「王者の移動」と呼ばれるような有名選手の移籍では、この百倍の金額も珍しくない）、チャンピオンチームの頼もしく価値あるプレーヤーたりうることを証明してみせたのだ。香川の活躍で、日本人サッカー選手全体の評判もぐっと上がった。今はまだ、どこのブンデスリーガのクラブもブラジル人プレーヤーを雇いたがっている。だが、残念ながらブラジル人プレーヤーたちは期待されるようなキーマンになれるとは限らない。むしろ気まぐれで、いい加減なことも多く、しょっ中意味不明のスランプに陥ってしまう。それなら、もっと日本人プレーヤーを呼べばいいじゃないか？　とにかく、ボルシア・ドルトムントは日本人をひとり呼んだことで、たちまちチャンピオンへの道を驀進し始めたのだ。

訳者あとがき

トーマス・ブルスィヒと初めて会ったのは、二〇〇二年の春、韓国ソウルでだった。サッカーワールドカップ日韓大会を記念して、日本、韓国、ドイツ、そしてデンマークの研究者が「サッカーという文化」についてドイツ語で討論するシンポジウムが開かれたのだった。そこにトーマスがゲストとして招かれていた。僕は当時トーマスの最初のサッカーを題材とした独白劇『ピッチサイドの男』の三修社からの出版が決まり、翻訳作業に一層の馬力をかけようというところだった。日本の翻訳者に対し、トーマスは最初からとてもフレンドリーに話しかけてくれた。

ただ、少ししてから分かったのだが、彼は単に翻訳者に対して敬意を払ってくれただけではなく、僕を「同世代（一九六〇年代生まれ）」の友人として遇してくれたのだ。トーマスはしばしば「僕たち（wir）」という言い方をする。それが彼と僕に対して用いられる場合、その意味は、「ペレとモハメド・アリを空前絶後の英雄だと思っている僕たち」、「ジミ・ヘンドリクスやドアーズをどきどきしながら聴く中高生だった僕たち」だ。もちろん、東ドイツと日本では、それ以外の社会的・文化的文脈にはあまりにも多くの違いがある。だが、それにもかかわらず彼と僕が「僕たち」と呼びうる「同世代の少年たち」だったことを、トーマスは重視するのだった。

トーマスにとって、同年輩の日本人に対して「僕たち」という言葉を使うことには、重い意味がある。一九九〇年十月三日、東ドイツ（ドイツ民主共和国）が西ドイツ（ドイツ連邦共和国）に吸収される形でドイツの再統一が果たされて以来、旧東ドイツの住民たちはマイノリティになった。統一ドイツの中学高校の歴史の教科書には（かなりの部分は西ドイツからの継承として）、「東ドイツは牢獄になった」という章があり、言論の自由がなかったこと、国境をのり越えて東ドイツから脱出しようとして射殺された人々のことなどが記述されている。旧東ドイツの歴史は、自由の圧殺の歴史、権力による言論封鎖と文化統制の歴史として語られることになったのだ。

トーマスは、そうした西側の一方的で傲慢な歴史観に小説家・劇作家として異議を唱える。なるほど、東ドイツの政治体制には大きな問題があった。東ドイツの市民たちは、自由を求めて「自国」を捨てようとしたのだった。しかし、それは自分たちの「歴史」を棄てることではなかったはずだ。たしかに、東ドイツでは自由は厳しく制限されていた。秘密警察による監視があり、情報もつねに検閲されていた。それでも、そこには人々の血の通った暮らしがあった。

笑いがあり、涙があった。人間らしい、人生の数々のページがあった。けっして「牢獄」ではなかったのだ。

トーマス・ブルスィヒは、そんな東ドイツの人々の暮らし、とりわけ青春の場面の数々をウィットとペーソスとともに描き出す小説・演劇の名手として知られる。「壁崩壊後」のドイツ文学の旗手のひとりと言っていいだろう。しかし、またかなりの読者にとっては、スポーツとロックミュージックをモチーフとした、親しめる「同時代」の作家でもあるはずだ。

本作『サッカー審判員フェルティヒ氏の嘆き』は、トーマス・ブルスィヒが書いた二作目のサッカー独白劇（モノローグ）ということになる。第一作『ピッチサイドの男』は東ドイツ出身のサッカークラブ監督が壁崩壊後のドイツの状況について毒まじりのひとりごとを呟いていた。本作を気に入っていただいた方は、『ピッチサイドの男』も（図書館等で）手にとってみていただきたい。本作品では、サッカー審判が法廷とメディアを呪う独白を繰り広げているわけだが、『ピッチサイドの男』は、ドイツ再統一後の社会の中で自分たちが大切にしていた価値観が次々と否定されてゆくことに対する、クラブチーム監督の毒気たっぷりのモノローグだった。この作品も、ドイツではベストセラーになり、各地で上演もされて成功を収めた。このサッカー二部作によってトーマス・ブルスィヒは、「サッカー文芸」をものするドイツ作家としても、第一人者となったと言えるだろう。

ただ、トーマスは「僕は、サッカー小説を書いているわけじゃない」と言う。「サッカーは表現のための小道具であって、テーマじゃないんだ」と。実際、トーマスがサッカーを重要なモチーフや舞台設定にしてコミカルな世界を展開しているとしても、その奥底には社会的なテーマがある。たとえば、『ピッチサイドの男』では、独白者のサッカー監督は「国民的スポーツのルール」という話題を追いながら、国民性に関するおかしな議論を展開する。こんな具合だ。

「サッカーはじつに単純な遊びで、六歳の男の子でも分かります。スタジアムで、アメリカからやって来た人が皆さんの隣に座ったなら、アメリカ人ですよ、皆さんはただ審判がホイッスルを吹いた理由だけを説明すればいいのです。それだけで、ひと試合見終わればもう、その後一生涯サッカーを理解することができる。気の利いた人なら、誰に説明してもらわなくてもルールを理解することだってあります。しかし、逆はありえません。つまり、アメリカ人にとっての国民的スポーツである野球では、見るだけではルールを理解することはできません。一試合見ても分からないし、百試合見ても分からない。[……]あれはルールが分からない。たとえ、スタジアムでアメリカ人の隣に座って、説明してもらってもです。なにしろ、アメリカ人も野球のルールを分かってないんだから。これは事実ですよ。アメリカ人で、自国の国民的スポーツのルールを知っている人はいないんです。もう頼むよ、って感じです。だって、連中は世界の超大国でありたいんでしょう？　しかし、自分たちの国民的スポーツのルールも知らないで、一体全体どんなふうに世界のルールを考えようってんでしょうか。いっぺん聞いてみたいですな。イギリス人だったら、スポーツはサッカーですから、明解なルールで、他のことだって明解です。ヒットラーがコヴェントリーを爆撃したら、イギリス人たちはハンブルクとドレースデンに攻めこんだ。0―1とリードされましたが、2―1と逆転することができたんです。しかし、アメリカ人は、パール・ハーバーの仕返しに原子爆弾を二発落とした。野球のせいです。」

こういう、キテレツな暴論を吐き散らしながらも、このサッカー監督のつぶやきが次第に魂の底からの社会批判に聞こえてくるのが、トーマス・ブルスィヒの卓抜の手腕と言えるだろう。本作品はサッカー審判の独白だが、ヒステリックなまでの「ガソリンスタンド批判」や「電話会社批判」などでお笑いの要素を畳みかけながら、徐々に「責任」と「保証」という抜き差しならないテーマに近づいていく。ブルスィヒ節健在といったところだ。

ただし、『サッカー審判員フェルティヒ氏の嘆き』のほうはリューデマン家の国境越え計画とその失敗以外には、旧東ドイツの生活と直接の関係がある話題はあまりなく、むしろ二十一世紀的なメディア批判の話題を多く含んだ内容になっている。ふたつのサッカー独白劇の間には、トーマス・ブルスィヒが「東ドイツ出身の作家」からより広いステージに移っていった過程があると言えるかもしれない。それでも、社会の大きなシステムの中でともすれば圧殺されそうな、血の通った人間の生活感情を守り抜こうとする姿勢は不動だ。主人公ウーヴェ・フェルティヒは、自分の恋人を医療事故で死なせた医師に向かって内心でこういうセリフを投げつけていたのだっけ。「パール先生、この女は、かつて、笑っていました、キスをしました、愛しげに愛撫をしました。彼女の微笑、彼女のキス、彼女の愛撫が、失われてしまうことを、あなたは考えましたか?　それが二度と取り戻せないことを、思いましたか?」ここにも、これまでトーマスがくり返し描いてきた、一人一人かけがえのない生を生きる名もない人たちの叫びが聞こえる。

東日本大震災が起こったとき、トーマスは僕と「日本人」に宛てて見舞いのメールをくれた。震災と福島の原発事故について彼がどんなことを考えているか、詳しいことは書かれていなかった。トーマスは、ドイツで黙示録的な響きとともに報じられている原発事故のニュースに、あえて反応しまいとしているようだった。ただ、本作品の登場人物であるリューデマン氏とともに、科学技術と人間の関係を考えることはできるのではないだろうか。僕たちは、医師だけでなく、政府や電力会社にも、「あまりにも大きなもの」を委ねてしまっている。リューデマン氏は、自分の心臓を切り取って、止めて、また動かして、体に再度埋め込む権限まで委ねた医者の過失を罪に問うことは「やり過ぎだ」と言った。社会を広域にわたって破壊しかねない核のエネルギーをコントロールする権限を委ねた人々に、「ミス」の罪を問うことはどの程度できるのだろうか。リューデマン氏のように「やり過ぎだ」と言って黙る人もいるだろう。主人公ウーヴェ・フェルティヒのように、怒りを抑えかねる人もいるだろう。いずれにしても、私たちはすでにあまりにも大きく、あまりにも重大なものを「技術」に委ねてしまった。その技術が致命的な結果をもたらすとき、もはや私たちに適切な言葉はない。そんなとき、「大事なことについて語る言葉を持たない」とき、私たちは「どうでもいいこと」について一生懸命話すしかなくなるのかもしれない。

そんな、「どうでもいいこと」の代表格がサッカーだろう。そもそも、スポーツとはどうでもいいからこそスポーツなのだ。香川真司のゴールが決まろうが、長友佑都が敵をストップし続けようが、誰の人生にも何の利害も与えないからこそ、スポーツなのだ。しかし、もっともどうでもいいものこそは、むしろそれゆえに社会のすべてが映り込む万華鏡のようなものになっていく。トーマス・ブルスィヒは、そんなモチーフとしてサッカーを自分の創作に取り入れているのだ。

どうでもいいことなのに世界を熱狂させるのがサッカーなら、どうでもよくない仕事をしている人々の筆頭が（本来なら）政治家なのかもしれない。『サッカー審判員フェルティヒ氏の嘆き』は、アンゲラ・メルケルドイツ首相お気に入りの本としても知られている。二〇〇八年六月の南ドイツ新聞によるインタビューに、メルケル首相はこの作品に言及しながら、こう語っている。

「サッカー審判は、高度に全権委任されているという点で、民主主義国家においてはきわめて突飛な現象でしょう。『サッカー審判員フェルティヒ氏の嘆き』には、そのことがとてもよく描かれています。私は、サッカー審判がどんな性格かを見るのがとても好きなの。どれくらいの間アドバンテージを見るかとかね。それで試合は大きな影響を受けますから。どれくらい試合の流れを重視してファウルを容認するか、どの時点で明白に介入し、試合の枠組みを決定するか……」

政治家に気に入られることが文学者にとって好ましいこととは限らないが、ドイツの多くの書評では「メルケル発言」を取り上げていたから、多少のメリットもあったのかもしれない。あるいは、東ドイツで育ちながら統一ドイツの首相をしているメルケル首相にとっては、トーマス・ブルスィヒの文章にはどこか強い共感を覚えるものがあったとしてもおかしくはないだろう。

本作品はよりサッカーの本質に関わる意味でも、タイムリーな作品になったと言える。二〇一〇年ワールドカップ南アフリカ大会では、誤審が相次ぎ、重要な試合の流れを決定してしまうシーンが頻出したからだ。決勝トーナメント緒戦で実現した因縁の対決ドイツ対イングランド戦では、イングランドの完全な同点ゴールがなぜか審判に無視されたし、アルゼンチン対メキシコ戦ではどう見たってオフサイドなのに、そのままアルゼンチンのゴールが決まってしまった。そんな「追い風」もあって、本作品はドイツのサッカー・ファンにアップ・トゥ・デイトな議論のネタを提供する作品にもなった。

サッカー観戦がますます国際的なエンターテインメントになっていくにつれ、

サッカー審判という、全権を委任されると同時に過大な要求が押しつけられる存在の興味深さに、ファンも少しずつ気づくようになってきた。ベルギーで制作され、日本でも公開されたドキュメンタリー映画『レフェリー　知られざるサッカーの舞台裏』（二〇〇九年）は、二〇〇八年にヨーロッパ選手権（EURO）をさばいた有名審判たちの控え室での呟きなどを生々しく記録した作品だが、『サッカー審判員フェルティヒ氏の嘆き』を読みながら、あの映画を思い出した読者もおられよう。サッカー審判たちのプライドと矜持、重圧と苦悩が描き出されているという点では、両作品はモチーフを共有していると言えるかもしれない。

この世には、絶対的な真実というものは存在しない。ニーチェが看破したように、真実とはさまざまな権力の絡み合いから生産されるものだ。サッカーのピッチ上においてそれを最終的にアウトプットするのは審判であり、裁判所では裁判官がそれを決定する。その意味では、彼らは限定された文脈においてのみではあるが、「神」なのだ。しかし同時に人間でもある彼らは、間違いから完全に逃れることはできない。そこでは、「人間だから、間違える」と言っても、何の意味もない。彼らが「神」である以上、そこから「真実」が始まらざるをえないのだから。限定付きの「神」を必要とする僕たちの社会が抱える根本的な矛盾を、ウーヴェ・フェルティヒは見つめているのだ。

この作品で、最後に投げかけられるのが「死」の問題だ。死もまた権力の絡み合いから生まれるのだろうか。たしかに、脳死や臓器移植が問題になる場合なら、人の死もまた議会や裁判所で話し合って決められるものになる。けれども、それは僕たちの身体と生命が医学という科学に引き渡されたあとの話だ。かつて笑い、愛していた人が今はいない。それは、「権力」の問題だろうか？　終曲において、フェルティヒはユーディットの墓前に花を捧げながら語る。「花は言葉や裁判なんてものができるずっと前から存在している。そして、言葉も裁判もなくなってしまったときにも、まだ存在しているだろう」。そうだ、生命はおそらく言葉も法も超えたところにある。神と人間の間で揺れ続けたウーヴェ・フェルティヒの心は、ユーディットの墓を飾る花に純粋な生命を観たのだろう。

＊プロフィール

Thomas Brussig（トーマス・ブルスィヒ）

1965年ベルリン（東）生まれ。高校卒業後、建築作業の専門学校に通いながら、大学入学資格を取得。以後、美術館の受付、皿洗い、旅行ガイド、ホテルポーター、工場作業員、軍役、外国人ガイドを経て、大学で社会学を学ぶ。大学中退後、コンラート・ヴォルフ映画専門学校で劇作法、演出法を学ぶ。1991年『水の色』でデビュー。代表作に、『我らのごとき英雄』、『太陽通り』（三修社）、『ピッチサイドの男』（同）、『輝きの頃』などがあり、ドイツ民主共和国（東独）時代を、サブカルチャーの視点からユーモアとともに描く作風で、東独出身のもっとも人気のある作家のひとり。映画、演劇、ミュージカルの領域でも高く評価され、多くの賞を受賞している。

粂川麻里生（くめかわ　まりお）

1962年栃木県生まれ。慶應義塾大学文学部卒業後、スポーツ雑誌編集記者（主としてボクシング）を経て、慶應義塾大学大学院修士課程修了および後期博士課程退学。1999年より上智大学外国語学部専任講師、2004年より慶應義塾大学文学部助教授、2007年同大学教授、2011年より同大学アート・センター副所長。共編著に『サッカーのエスノグラフィーへ』（社会評論社）、共著に „Querpasse. Beitrage zur Kultur-, Literatur- und Mediengeschichte des Fußball“ (Synsron) など、翻訳にトーマス・ブルスィヒ『ピッチサイドの男』（三修社）がある。

サッカー審判員フェルティヒ氏の嘆き

二〇一二年六月二十日　第一刷発行

著　者　トーマス・ブルスィヒ
訳　者　粂川麻里生
発行者　前田俊秀
発行所　株式会社　三修社
〒一五〇―〇〇〇一　東京都渋谷区神宮前二―二―二
ＴＥＬ　〇三―三四〇五―四五一一
ＦＡＸ　〇三―三四〇五―四五二二
振　替　〇〇一九〇―九―七二七五八
http://www.sanshusha.co.jp/
編集担当　永尾真理

組版―株式会社　ファクトリー・ウォーター
装幀―岩泉卓屋
印刷―広研印刷株式会社
製本―松岳社株式会社青木製本所

ISBN978-4-384-05660-0 C0097